Bertrand
PUARD

KAIMYŌ

LE NOM DES MORTS

Gulf stream éditeur

Direction des publications : Stéphanie Baronchelli,
Jérôme Bernez-Binder
Direction artistique : Tiphaine Rautureau
Suivi éditorial et maquette : Romain Allais
Correction : Maud Placines Charier
Typographies : Monsters Attack! –The Empire of the Claw ;
F25 Executive – Volker Busse

www.gulfstream.fr

Couverture : Marie Bergeron

ISBN : 978-2-35488-916-6
Loi 49-956 du 16 juillet 1949
sur les publications destinées à la jeunesse

Bertrand
PUARD

KAMIYŌ

LE NOM DES MORTS

Les chrysalides de Tunis

2

Pour mon père Bruno

Couvert de papillons
l'arbre mort
est en fleurs !
Haïku de Kobayashi Issa
(1763-1828)

— J'aimerais vivre toute ma vie dans un cocon, Rieko... Ne jamais plus avoir à sortir pour sortir, pour prendre l'air, juste pour faire fonctionner mes muscles afin qu'ils ne fondent pas... Ne plus avoir à parler pour parler, pour me montrer agréable aux autres et rabâcher toujours les mêmes formules creuses aux mêmes gens, par politesse, alors qu'ils ne m'intéressent pas plus que je ne les intéresse... Ne plus avoir à s'égayer devant les choses tristes pour tenter de les relativiser et à faire la moue face aux joies de l'existence, les sachant trop éphémères pour les prendre au sérieux et s'en accommoder...

— Tu aimerais retourner dans le ventre de ta maman, Nouria ?

La jeune fille foudroya littéralement Rieko de ses yeux puissants. Le Japonais n'eut d'autre choix que de reculer. C'était comme si les pupilles de son interlocutrice s'étaient rétrécies jusqu'à disparaître, en une nanoseconde, et qu'il ne restait plus que le noir de ses iris, éclatant en mille zébrures, se propulsant hors des orbites pour le frapper, lui, en plein visage, le forçant à la retraite.

— Je te prie de m'excuser, balbutia Rieko. Je sais qu'avec ta mère tu…

Il s'arrêta, et Nouria continua, en s'efforçant de ne plus regarder le visage impavide, d'une blancheur surnaturelle, de Mémé Rosa, allongée sur un lit d'hôpital, perfusée et équipée de multiples capteurs. Une spationaute sans casque, qui ne décollait pas, restée sur le plancher des papillons. Ou bien, en inversant les pôles, une sorte de « mortonaute » encore prisonnière sur la terre des vivants. Mémé Rosa n'était pas morte. Bien pire, elle gisait inconsciente. Maîtresse de rien, esclave de tout.

— Ne plus rien faire et vivre seule, enfermée, débarrassée de toute contingence physique. Ne plus manger, ne plus dormir… Ne me laisser que la lumière, dans mon cocon, pour voir le monde, oui, mais celui des livres, celui qui ne s'impose à moi que lorsque j'ai décidé de déplier une reliure et de commencer une page… Celui dont je peux me débarrasser en effaçant les mots de mon esprit…

Rieko voulut s'exprimer, puis s'abstint. Il avait peur de blesser Nouria, une fois encore. Il s'était montré maladroit. Lui aussi souffrait. C'était là une de ses faiblesses : se montrer gauche quand ses sentiments le faisaient dévier de sa ligne droite.

— Une chrysalide, Rieko, oui, c'est ça, tu as raison… J'aimerais vivre dans une chrysalide.

Le Japonais ne cilla pas, mais il s'agissait bien du mot qu'il avait voulu exprimer et qu'il n'avait, finalement, que pensé.

— Le stade intermédiaire entre la chenille et le papillon… chuchota la jeune fille.

Ce mot complexe, d'un langage soutenu, avait frappé Rieko lorsqu'il l'avait découvert en français dans le texte, dans un écrit hermétique de Victor Hugo. Mais, comme souvent face à ce géant de la littérature, le lecteur débutant s'était laissé bercer par les sonorités et le rythme des phrases sans se préoccuper du sens. Hugo était d'abord pour Rieko un admirable chanteur.

Le Japonais récita dans un murmure :

— « Cette formidable chrysalide qu'on appelle l'univers tressaille éternellement de sentir à la fois agoniser la chenille et s'éveiller le papillon. »

— La mienne était beige… dit Nouria. Ou marron très clair, Rieko… À moins qu'elle ne soit rose… Je ne me rappelle plus bien… Moins nettement, en tous les cas, que la couleur des ailes de tes papillons à Kobé…

Rieko attendit que son bouleversement cesse de lui contracter douloureusement les muscles du bas de son visage, autour de sa mâchoire et dans sa gorge, avant de s'exprimer. Il prit la parole une fois qu'il fut assuré que ses yeux resteraient secs. Nouria venait de s'ouvrir à lui, enfin. Elle lui avait confié une infime partie de son enfance, de son passé, sans qu'il ne demande rien.

— Tu avais quel âge, Nouria, lorsque tu as vu cette chrysalide ?

— Je ne sais pas. Mémé saurait peut-être. Trois ans. Pas plus. J'étais plus jeune que toi, face à tes papillons.

— Tu te trouvais où, Nouria ?

— À Tunis. La chrysalide se confondait avec la couleur du sol. Papa et maman m'avaient déposée dans un fourré… Enfin un fourré de la banlieue de Tunis… Une sorte d'arbuste décharné… Un enchevêtrement de branches qui ressemblaient à des brindilles… Un végétal qui avait l'allure de la mort, mais qui était vivant…

Elle regarda Mémé Rosa en disant cela.

— Il n'y avait rien autour de moi, de la terre claire… Rien d'autre qu'une route où mes parents s'étaient arrêtés avec leur voiture… Un immeuble en construction aux grosses briques orangées dans le fond… Il faisait chaud. J'avais l'impression que ma peau était en train de fondre. Mais je ne pleurais pas parce que papa et maman m'avaient dit de ne surtout pas pleurer… De ne faire aucun bruit et de rester cachée là. Je me suis couchée sur le sol, la terre était brûlante mais elle a rafraîchi mes joues. Et c'est là que j'ai vu la chrysalide qui pendait à une des brindilles… Il n'y avait pas un poil de vent, et pourtant elle tanguait doucement, elle oscillait à son rythme…

« Celui de l'univers, pensa Rieko. Victor avait raison. Hugo a toujours raison. »

— Et puis…

Nouria laissa s'installer le silence. Rieko en apprécia la substance. Même les appareils de Mémé Rosa semblaient vouloir le respecter.

— Et puis j'ai entendu une autre voiture arriver… Des paroles lointaines, incompréhensibles pour moi… Des cris ensuite… Ma mère… Mon père… La chrysalide se balançait toujours… Et moi je l'observais en souriant… Je crois bien que j'étais même heureuse d'être là… Pas inquiète…

Rieko se figea. Car il se doutait de la suite. Il la craignait.

— Et puis il y a eu deux coups de feu… Deux détonations… Ensuite, plus rien.

— Et la chrysalide ? demanda Rieko dans une bouffée, comme s'il remontait d'une plongée en apnée de vingt mètres.

— Elle ne bougeait plus. Elle pendait, parfaitement immobile… Et elle m'a semblé alors plus claire… Plus lumineuse… Passant du beige au rose clair… Je ne sais pas comment… Et puis, en son extrémité, vers le ciel, un symbole s'est dessiné sur la soie…

— Une écriture est apparue sur la mue, Nouria.

La jeune fille décrispa ses lèvres.

— Non, il ne s'agissait pas de lettres, Rieko… Mais d'une courbe… Une simple courbe qui dessinait comme un sourire…

Et ce fut très certainement ce sourire qui, pour Nouria, décida de tout.

1

J'ai donc ouvert la porte, celle de la cave de Mémé Rosa, dans l'immeuble du 13e dont elle avait la garde. J'étais devant à la fin du premier épisode de mon épopée « riekoesque ».

Les charnières se sont mises à grincer, mais ça ressemblait plus à un cri déchirant, un hurlement de douleur. Je me suis dit, dans une de ces associations de mots idiotes dont mon cerveau est souvent le siège bien involontaire, que « les charnières ouvrent sur le charnier ». Et puis un vif courant d'air m'a giflé la face. Ça aurait pu sentir la moisissure, le vieux champignon (de Paris), ou bien même les égouts, un mélange d'œuf pourri et d'ammoniac. On s'attend plutôt à ça en ouvrant la porte d'une cave qu'on devine insalubre.

Ben non. Ça sentait la Mémé Rosa. Son patchouli de supermarché à quatre euros trente le flacon. Mon parfum préféré si vous voulez tout savoir.

Je n'ai rien vu tout d'abord. Rien. Un grand trou noir. Et puis, zuif... Quelques secondes après le courant d'air, deux bestioles sont venues me frôler les cheveux. Rien à voir avec des chauves-souris. Non… Il s'agissait de deux papillons. Deux papillons magnifiques aux ailes jaune et vert.

Je me suis retournée aussitôt pour voir ce qu'ils allaient faire, les deux splendides lépidoptères, mais ils n'étaient déjà plus là. Partis je ne sais où. Volatilisés.

D'ailleurs, avec le recul que j'ai à présent (non, n'insistez pas, je ne vous dirai rien sur mon âge actuel), je me demande si j'ai vraiment éprouvé ce courant d'air… Vraiment senti le parfum de Mémé Rosa. Et vu les papillons. Parce que la cave était plongée dans le noir. Qu'il n'y avait pas de fenêtre. Et que, plus tard, Rieko a convenu que cet endroit souterrain puait atrocement.

Mais, au fond, peu importait. Pour une fois que je pouvais ressentir quelque chose comme je voulais qu'il soit et non comme il l'était, je n'allais pas m'en plaindre. À cet instant précis, ma mémoire m'est revenue. J'avais toujours cru que j'étais déjà à Paris, avec Mémé Rosa, lorsque mon père s'est fait tué. Mais non. J'étais avec eux. À Tunis. Vous allez bientôt comprendre pourquoi ce souvenir m'est revenu ici et maintenant

J'ai tâtonné à droite et à gauche du chambranle pour trouver un interrupteur. Il n'y en avait pas. Juste un cordon électrique qui pendait lamentablement devant une prise de courant. J'ai eu un mal de papillon à les assembler pour que la lumière fût.

J'entendais Mémé Rosa qui devait dire à chaque fois : « Saleté de Bon Dieu de fichue prise… »

Des néons se sont allumés. Et puis des projecteurs aussi, qui dardaient leurs faisceaux puissants sur un endroit bien précis de la cave.

Et là, BAM ! Je me suis pris le contenu secret de Mémé en pleine face.

Alors ? Un cadavre ?

Des billets de banque, des bijoux, des pièces en or ?

Et par quel miracle, s'il vous plaît ?

Je devine d'ici les pensées audacieuses des plus aguerris d'entre vous : un homme ou une femme en vie, retenu en otage par Mémé Rosa, à qui elle descendait les restes de couscous à la nuit tombée.

Non, désolée de vous décevoir sur ce point.

En tous les cas, moi, Nouria, je suis restée de longues minutes dans le silence le plus total. Abasourdie non pas par la nature de mes découvertes. Mais plutôt par ce qu'elles allaient engendrer dans les prochains jours. Et par la lumière nouvelle avec laquelle elles éclairaient les derniers jours.

C'est bien simple : une fois que j'ai saisi le tout, tout a explosé dans ma tête. La cave est devenue une sorte de kaléidoscope psychédélique où il m'était tout à fait impossible de saisir le moindre détail sans avoir l'impression que je tournais, tournais, tournais sur moi-même à en avoir la nausée.

Jusqu'à l'évanouissement.

Et puis mon esprit s'est calmé. Et j'ai vu.

La cave de Mémé Rosa était divisée en trois parties distinctes.

La première, sur ma droite, contenait une grande maquette disposée sur des tréteaux de bois. Ça ressemblait un peu à ces grandes reconstitutions de paysage où circule un train électrique, et qu'on voit s'étaler dans les vitrines des magasins de jouets, à Noël. Mais là, ça ne représentait pas un alpage suisse ni une gare de triage anglaise, non… C'était une sorte de désert. Avec une route où deux voitures s'étaient arrêtées, quelques bosquets décharnés et un petit immeuble en construction, dans le fond. Il y avait plusieurs panneaux publicitaires en arabe, dont l'un représentait une femme qui aurait pu ressembler à Mémé Rosa, jeune, qui avait les cheveux d'un lissage exemplaire et qui posait pour un shampooing.

Voilà. Une maquette, donc. Et, tout autour contre le mur, des étagères où Mémé avait entreposé des objets divers et parfaitement incongrus, des bouts de bois aussi. Je me souviens avoir tout de suite remarqué la présence d'un triangle de signalisation pour automobile, qui brillait plus que tout, d'une casquette rouge et vert, et d'un gros parpaing de couleur ocre dont les quatre coins visibles étaient étrangement tachetés.

La deuxième partie, celle qui me faisait face, était consacrée à Rieko. Je n'ai pas eu beaucoup de mal à m'en rendre compte parce que Mémé y avait installé un grand bureau… Enfin plutôt un secrétaire ancien, très large, style Empire comme disent les spécialistes, qui comportait une bonne douzaine de tiroirs (sans parler des emplacements secrets), et sur lequel reposaient cinq dossiers de couleurs différentes. Sur la couverture du premier, un *R*. Sur le deuxième, un *I*. Puis un *E*, un *K* et un *O*. C'était saisissant. D'autant que, lorsque j'ai ouvert le premier dossier, j'y ai trouvé des dizaines de photos de Rieko. Pas de Rieko et de moi. Non. Les photos avaient été prises à Tokyo. C'était le Rieko que je ne connaissais pas encore. Dont j'ignorais parfaitement l'existence. Selon les apparences, ce n'était pas le cas de ma grand-mère.

Et puis, il y a ce troisième et ultime segment de la cave. Sur ma gauche, donc, si vous avez bien suivi (ce que j'espère franchement). Là, c'était une débauche de papiers. Des milliers et des milliers de feuilles posées à même le sol ou bien soigneusement rangées dans des classeurs, rangés par couleurs sur des étagères en fer. Au milieu de ce paradis du pyromane, un gros fauteuil en cuir bleu. Craquelé le cuir. Éventré même par endroits. J'ai émis l'hypothèse que c'est ici que Mémé devait poser sa carcasse lorsqu'elle venait visiter cet endroit pour le moins… singulier.

J'ai gardé le meilleur pour la fin. Car, derrière le fauteuil, trois portraits étaient punaisés au mur. Grand format. En couleur. Trois Japonais, à en juger par les traits de leurs visages. Et par leurs petits noms.

Taketoki Washizu, Takeda Shingen et Oda Nobunaga.

Les trois dirigeants de la Torohito, les trois mafieux qui étaient à l'origine de la disparition des parents de mon Rieko.

Un petit récapitulatif ne vous ferait pas de mal, non ? En tous les cas, moi, je vais tenter le coup pour inscrire pixel noir sur pixel blanc ce que j'ai découvert dans cette cave.

Dans cet endroit secret, où Mémé devait se rendre de longues heures lorsque j'étais au collège, on trouvait une maquette rigoureuse, riche de mille détails, de l'endroit où ma mère avait assassiné mon père, sur une route de la banlieue de Tunis. Un secrétaire débordant de papiers qui démontraient que Mémé Rosa faisait une fixette sur Rieko Tanizaki, *alias* le Professeur, non pas depuis son arrivée dans la capitale de notre bonne vieille terre de France, mais depuis bien plus longtemps… Mémé n'avait pas accueilli Rieko par hasard dans l'immeuble pour lui faire visiter le local. J'en mettrais ma collection de romans au feu. C'était quand même un peu vertigineux et ça faisait tourner encore plus vite le kaléidoscope dont je vous ai déjà entretenu. Enfin, *last but not least*, comme écrivait feu John Applesworth, l'écrivain britannique de thrillers que vous connaissez bien, Mémé Rosa avait accumulé une documentation prodigieuse à propos des trois dirigeants mafieux à l'origine de la disparition des parents de Rieko. À Kobé. De l'autre côté de la Terre. Il y a cinquante ans de cela.

Vous le croyez, ça ?

Moi, toujours pas.

Si Rieko débarquait à son tour dans cette cave, je crois bien que son kaléidoscope à lui, ça serait une sorte de big bang cérébral. Un truc à vous ficher par terre sans en douter.

Il ne faudrait pas que mon ami japonais ait eu la mauvaise idée de m'avoir suivie, ici sinon ça risquerait de…

J'ai entendu un bruit dans mon dos. Je me suis retournée.

Trop tard…

2

Rieko était là. Juste derrière moi. Dans la cave.

Bon, il ne s'était pas risqué à l'intérieur de la pièce. Connaissant mon Professeur, c'était certainement de la pudeur. Mais ça pouvait tout aussi bien être de la peur. La peur de comprendre. La peur de saisir ce que signifiait cette découverte.

Parce que, vu la taille des portraits de ses trois méchants compatriotes, il n'avait pas pu les rater. Et puis, la maquette aussi, c'était un truc vraiment très étrange à trouver dans une cave. Surtout qu'elle était puissamment éclairée par de gros projecteurs, comme si Mémé avait voulu baigner la scène reconstituée de l'ardent soleil de l'été tunisien.

J'ai reculé pour le rejoindre.

— Rieko ? Ça va, Rieko ?

J'ai demandé ça parce qu'il était complètement immobile. Il n'avait jamais autant ressemblé à un coton-tige qu'à cet instant car son visage s'était totalement figé.

Ses paupières ne clignaient même plus et ses yeux étaient d'une fixité absolue. Et puis il ne répondait pas. Je lui ai demandé plusieurs fois si ça allait, et il restait muet, le regard fixé sur les portraits des trois yakusas. J'étais aussi sidérée que mon Rieko, sinon plus. Là je me donne le beau rôle, je fais la maligne à l'écrit, avec le recul, mais, sur le coup, j'étais sous le choc. Et puis j'avais peur que, si je le secouais, eh bien il allait basculer, comme une statue… Basculer et se briser en mille morceaux sur le sol.

Alors je n'ai rien tenté, et on est restés là, dans l'embrasure de la cave. Il ne faisait ni chaud ni froid. On était là, et puis c'est tout.

Au bout d'un certain temps – ou plutôt d'un temps certain –, j'ai fait un pas en arrière, puis un autre, et Rieko m'a imitée. J'ai fermé la première porte, puis la seconde, sans un mot. Clic clac, c'est le seul bruit qu'on a entendu : les engrenages des serrures et les clefs s'entrechoquant entre elles sur l'énorme trousseau de Mémé Rosa.

On est alors remontés et on s'est assis dans la cuisine de la loge, autour de la corbeille à fruits qu'on appelait pour rire le pourrissoir. Mais à cet instant il n'y avait ni moucherons ni rire. Rien.

Moi, je repensais à ce que j'avais découvert dans la cave, et je supposais que Rieko aussi.

Ce qui était vertigineux, c'était que Mémé Rosa nous avait laissés mener toute l'enquête autour de l'enfance de Rieko alors qu'elle en connaissait apparemment les tenants et les aboutissants. Elle possédait des dossiers sur Rieko et avait fait le lien avec les yakusas. Elle était restée à Paris, partageant son temps entre sa loge et sa cave, pendant qu'on arpentait la capitale, la banlieue, le Devon et la Dordogne, tout ça pour rassembler les morceaux d'un puzzle qu'elle avait déjà entièrement reconstitué dans cette cave.

Mémé Rosa connaissait mieux Rieko que Rieko ne se connaissait lui-même. S'il comprenait ça, mon ami japonais, il y avait de quoi lui prendre une carte d'abonnement illimité chez le meilleur psychiatre de Paris ou de Tokyo, c'est au choix.

Mémé savait le nom des responsables de la disparition des parents de Rieko. Avait-elle mené elle-même son enquête auprès de la tante de Rieko ? Je ne le crois pas, je l'aurais su, non ? Alors, elle avait engagé un détective ? Une agence de détective, même ? Mais avec quel argent ?

Et puis surtout, pourquoi ?

C'était précisément pour formuler la réponse à cette question, la seule et unique qui comptait véritablement, que mon cerveau était proche de la fusion. J'étais là, les bras posés sur la toile cirée de Mémé, le regard fixé sur une banane à la peau noire tachetée de jaune, et je devais résoudre une énigme qui n'était rien d'autre que l'énigme de nos vies partagées, à Rieko et moi.

Bon, je pouvais aussi laisser tout ça de côté (ou plutôt derrière moi), mais ce n'était pas mon genre.

Je ne crois pas que nos neurones émettent un quelconque bruit dans notre cerveau lorsqu'ils se mettent en action. Donc, le vrombissement intense – genre décollage d'un avion-cargo – qu'il me semblait entendre dans mon crâne à cet instant, ça devait être un mirage auditif.

Mon père assassiné sur une route déserte dans la banlieue d'une grande ville tunisienne.

戒名

Les parents de Rieko qui disparaissent sur une route déserte dans la banlieue d'une grande ville japonaise.

Lui comme moi, présents sur les lieux des drames.

À chaque événement, son mystère.

Et, dans la cave, les portraits des trois dirigeants de la Torohito face à la maquette de Tunis et aux dossiers concernant Rieko.

Rieko – qui devait entendre lui aussi le bruit des moteurs d'avion – a ouvert la bouche une première fois, sans rien dire, puis l'a refermée. Une deuxième fois. Une troisième. Il m'a fait penser à ce gros poisson rouge dans son aquarium qui nous fixait toujours lorsque j'accompagnais Mémé dans la salle d'attente de sa dentiste.

Quoique, vu sa vivacité, Rieko tenait plus du sashimi que du poisson virevoltant dans son bocal.

Il a à nouveau gobé un peu d'air, et puis a dit, du ton d'un présentateur de journal télévisé :

— Le Japon est le deuxième partenaire économique de la Tunisie après la France.

Bam !

Comme ça.

Sans hésiter.

Une phrase très factuelle qui pourrait être extraite d'un quelconque rapport économique. Mais, dans le cas présent, ça voulait dire que Rieko pensait tout comme moi. Et qu'il avait entendu et compris mon silence comme j'avais compris et entendu le sien.

Si Mémé Rosa avait aménagé la cave comme ça et qu'elle y avait stocké tous ces éléments, c'était parce que Taketoki Washizu, Takeda Shingen et Oda Nobunaga n'étaient pas seulement les responsables de la disparition des parents de Rieko, mais qu'ils étaient aussi liés à ce qui était arrivé à MES parents.

Ma grand-mère avait fait venir Rieko depuis Tokyo pour qu'il comprenne et qu'il l'aide ensuite à résoudre l'énigme de la maquette.

Pourquoi ? Comment ?

Je n'y voyais pas plus clair que vous à cet instant.

Tout comme Rieko. Mon ami japonais avait compris que Mémé Rosa l'avait proprement manipulé depuis son arrivée à Paris (fortiche, la Mémé...), mais sa compréhension globale s'arrêtait là pour le moment.

D'ailleurs, j'en ai eu la certitude quand je lui ai carrément demandé :

— Tu as compris, alors, Rieko... Kobé... Tunis...

Je ne sais pas pourquoi j'ai fait le lien grâce aux deux villes. Et il a répondu, sur le même ton :

— Le Japon est le deuxième partenaire économique de la Tunisie après la France.

Il s'est enfin tourné vers moi et m'a souri, en répétant une troisième fois, toujours sur le même ton neutre :

— Le Japon est le deuxième partenaire économique de la Tunisie après la France.

Alors, il s'est levé, délicatement, comme à son habitude, sans faire racler les pieds de la chaise contre le sol. Il est allé se servir un verre d'eau au robinet de la cuisine et, en le fermant, il a dit :

— Le Japon est le deuxième partenaire économique de la Tunisie après la France.

Au moins, je ne risquais pas de l'oublier.

Il était en boucle, Rieko, et impossible de l'en faire sortir. J'ai bien essayé en tentant d'engager la conversation sur le sujet, de lui parler de la maquette, des dossiers, des portraits… Essayer, gentiment, docilement, d'entrer dans les détails pour que nous cherchions ensemble… Un avion avance toujours plus vite avec deux moteurs qu'avec un seul, non ?

Mais, une fois son verre terminé, Rieko a passé un coup d'éponge à l'intérieur, puis l'a déposé sur l'égouttoir. Le Professeur m'a saluée en hochant la tête, il est sorti de la loge et a traversé la cour. Je l'observais depuis le pas de la porte. Inquiète, franchement.

Il a repris son antienne une dernière fois en déverrouillant la porte de son local, puis a disparu.

Alors je suis retournée m'asseoir devant le pourrissoir.

Et, très bizarrement, j'ai commencé à avoir faim.

Ne sachant pas quel était l'état de décomposition des aliments dans le frigo depuis que Mémé était hospitalisée, j'ai fait au plus vite et j'ai épluché la banane qui se trouvait devant moi. Vous savez comment on fait… On tire la petite tige qui dépasse, tout en haut du fruit, et la peau vient toute seule.

Ce fut le cas.

Une bouillie noirâtre s'est aussitôt répandue en petits tas écœurants sur la toile cirée. Ça sentait la tourbe humide et sucrée.

Et je me suis dit que la chair de cette banane, c'étaient nos deux matières grises, à Rieko et à moi, après la découverte que nous avions faite dans la cave.

3

J'y suis aussitôt retournée, dans la cave. Qu'est-ce que vous voulez… Y en a, c'est l'appel du monde sauvage, et moi c'est l'appel du souterrain. On a certainement les valeurs qu'on mérite, finalement.

Je me suis focalisée sur la maquette. Si Mémé Rosa avait réalisé une reconstitution si minutieuse (et franchement j'avais du mal à l'imaginer, ma grand-mère, à coller à la loupe les petits éléments du décor avec ses doigts potelés), c'est qu'elle devait compter sur elle pour dénouer les fils de l'énigme, non ?

Papa et maman venaient de braquer une concession automobile à Tunis. Ils étaient en train de quitter la capitale après m'avoir récupérée chez une cousine, lorsqu'ils se sont engueulés tant et tant que ma mère a tiré une balle dans la tête de mon père. Comme ça. Dans l'énervement d'une énième dispute. Voilà pour l'histoire officielle, celle retenue par les autorités locales.

C'était sur une route déserte de la banlieue de Tunis.

Enfin, pas si déserte, car, sur la route de la maquette, il y a un autre véhicule en plus de celui de mes parents.

Mémé, elle, était convaincue de l'innocence de sa fille et de son gendre. Parce qu'on n'a jamais retrouvé l'argent dérobé. Et parce qu'elle pensait sa fille incapable de commettre un tel geste alors qu'elle avait un bébé qui plus est. C'est-à-dire moi.

Au fait, ma maman se prénomme Inaya. Et mon papa, Bilal. Ça pourra toujours vous servir à un moment ou à un autre de cette histoire.

Mémé n'a donc jamais voulu admettre la version officielle. Je le sais. Mais je n'ai jamais pu entrer dans les détails avec elle. C'était un sujet tabou.

Qui avait donc tué mon père ? Celui ou ceux qui se trouvaient dans la mystérieuse voiture ? Un des trois yakusas dont les portraits s'étalent à quelques mètres seulement de la maquette ?

Je me suis mise à lire les documents contenus dans la cave.

Croyez-moi, il n'y avait pas de quoi porter la moindre accusation contre les patrons de la Torohito. Mais un certain nombre d'éléments allait dans cette direction.

J'ai passé toute la nuit dans la cave. J'enregistrais tout.

Je notais surtout que Mémé Rosa avait retrouvé la trace de deux des trois Japonais.

Taketoki Washizu s'était retiré à Saint-Raphaël, dans le sud de la France ; Takeda Shingen vivait à San Francisco, en Californie. Elle ignorait le lieu de résidence d'Oda Nobunaga. Peut-être était-il mort ?

Mémé avait aussi la certitude que le voisin, Achille Mouret, était bien un détective privé embauché par un des trois hommes. Et qu'il leur faisait des rapports réguliers. Ça ne laissait guère de doutes, dès lors, sur la culpabilité de Mémé Rosa. Elle l'avait tué pour préserver son enquête, ses chances.

Qu'attendait Mémé de Rieko en l'accueillant à Paris ?

Et comment avait-elle réalisé cette prouesse ? En graissant la patte de l'agence immobilière qui avait dirigé Rieko vers les locaux commerciaux de l'immeuble ? Peu importe.

J'émets ma petite hypothèse : elle voulait que Rieko retrouve la trace de sa famille, remonte la piste vers sa propre vérité pour, ensuite, lui laisser les clefs de sa cave afin qu'il l'aide à prouver l'innocence de ma mère.

Mémé, Rieko et moi, nous avions donc les mêmes ennemis.

Et puis Achille Mouret avait accéléré l'histoire et déstabilisé Mémé Rosa, réduisant ses desseins à néant.

Il ne restait donc plus que moi pour reprendre le flambeau.

Et Rieko.

En avais-je envie ? OUI.

Et mon ami japonais, s'il arrêtait ses considérations économiques au sujet des trois pays qui unissent cette histoire, il accepterait de m'aider, j'en étais persuadée.

Je suis sortie de la cave tandis que le soleil se levait sur Paris. J'étais fatiguée, mais aussi vibrante à l'idée de prendre la suite de Mémé Rosa.

Qu'auriez-vous fait, à ma place ?

Dormir. Oui, d'accord, c'est entendu. Mais quelques heures seulement… Et ensuite ?

J'ai filé à l'hôpital pour prendre des nouvelles de Mémé. Les médecins m'ont assuré que son état était stationnaire et qu'ils n'avaient aucune idée de l'instant où elle pourrait sortir de son coma. Si elle en sortait un jour prochain. Cette dernière constatation, lâchée par un chef de service à l'air las, ne m'a pas plu, ainsi qu'aux deux policiers qui attendaient vainement pour auditionner ma grand-mère au sujet de l'assassinat de Mouret.

Heureusement, que ce soient les médecins ou les flics, ils ont accepté de me laisser seule avec Mémé dans sa chambre. J'avais des questions à lui poser. Évidemment, elle ne me répondit rien et c'était tant mieux. Parce que le jour où Mémé Rosa me parlerait directement dans ma tête, c'est qu'elle serait morte, et ça ne pressait absolument pas.

J'avais surtout envie de briser le tabou entre nous, ma décision était prise.

— Mémé, ai-je dit, je vais aller voir maman dans sa prison.

Ma grand-mère s'y était toujours opposée. Sans motif valable. Et je n'avais jamais passé outre à son interdiction. Pourtant, maman était incarcérée en France, à Melun, au sud de Paris, dans l'Essonne. Même si le crime dont on l'accuse avait eu lieu en Tunisie, elle avait obtenu son transfert vers la France grâce à moi, puisque je suis née en France, et à la possibilité de visites, justement. Mémé y allait environ une fois par mois. Est-ce que j'attendais d'avoir dix-huit ans ? Je ne crois même pas. Ça risque de choquer certaines ou certains d'entre vous, mais je ne peux pas vous expliquer pourquoi je n'ai jamais éprouvé le besoin d'aller voir ma mère dans sa prison. J'ai voulu, au tout début. Et puis Mémé a toujours dit non. Elle ne m'a jamais dit pourquoi, ou plutôt si, elle ne cessait de répéter « c'est pour ton bien ». Difficile qu'une autre définisse votre bien. Sauf que là, on parle de Mémé Rosa. Et que Mémé n'a toujours voulu que mon bien. Alors j'ai cessé de demander à voir ma mère. Et ça ne me révoltait donc pas. Elle, elle avait son exutoire avec sa cave. Et moi, mon exutoire, c'était l'aveuglement. Avec votre prisme de lecture, c'est difficilement compréhensible, je le sais bien. Mais je vous laisse votre prisme et je garde le mien, merci.

Lorsque j'ai murmuré une seconde fois à Mémé que j'allais demander à me rendre au parloir pour échanger avec Inaya, je n'ai toujours pas vu son visage bouger.

— J'ai ouvert la cave, Mémé. J'ai déjà brisé une de tes interdictions. Tu ne m'en veux pas ?

Là non plus elle n'a pas bronché. Enfin presque. Sur l'écran de contrôle de son rythme cardiaque, j'ai vu qu'une sinusoïde verte montait plus haut que la précédente. Une seule. Un battement. Fin de la réaction. Un hasard peut-être.

J'ai embrassé Mémé et je suis rentrée dare-dare dans la loge. Là, j'ai fouillé dans les papiers pour trouver le numéro de l'avocate qui s'occupait du dossier de ma mère et je l'ai appelée.

— Oh, j'ai appris pour ta grand-mère… a débuté maître Laborit. Et je m'occuperai d'elle, ne t'inquiète pas.

La police l'avait donc déjà contactée. Je l'ai remerciée, mais c'était aux médecins, en premier lieu, d'agir. J'ai tout de suite enchaîné :

— Je veux voir ma mère.

Et je l'ai entendue soupirer à l'autre bout du fil :

— Écoute… C'est légitime, je ne dis pas. Mais j'ai un pacte moral avec ta grand-mère. Ainsi qu'avec ta mère. Nous avions convenu que vous vous retrouveriez toutes les trois le jour où l'innocence de ta mère serait prouvée. Je suis moi aussi convaincue qu'Inaya est innocente... Et je sais que Rosa dépensait beaucoup d'énergie à le prouver...

En secret, ma bonne dame... Dans le secret le plus ardent... Maître Laborit ne savait donc rien au sujet de la cave. Tant mieux.

— Mais évidemment, dans son état, reprit l'avocate.

— C'est pour cette raison que je veux parler avec ma mère.

Maître Laborit m'a assuré qu'elle ferait son possible, qu'elle allait « plaider ma cause » auprès de ma mère. Du vocabulaire comme une déformation professionnelle.

Quelques heures plus tard seulement, l'avocate m'a rappelée.

— Écoute, Nouria, m'a-t-elle dit, mal à l'aise. Nous allons continuer à suivre les consignes édictées par ta mère et ta grand-mère.

C'est un peu froid, comme phrase, glacial même, vous ne trouvez pas ? Ça m'a congelée sur place. Les tympans surtout. Je n'ai rien écouté de la suite.

Face à ma mère, je me trouvais face à un mur. Et ce n'était pas là une de ces images nunuches et galvaudées qu'aiment à employer les romanciers de pacotille... Non, il y avait vraiment un mur entre ma mère et moi. Celui du centre pénitentiaire de Melun. Et bien d'autres, en réalité.

Cette déconvenue m'a fait basculer définitivement du côté de l'action. Ma décision était prise : j'allais prendre le relais de Mémé Rosa et tracer ma route vers la vérité.

Je suis retournée à la cave et j'ai emporté avec moi tous les documents que j'estimais importants. Et tant pis si je profanais le sanctuaire !

Première étape : j'allais me rendre auprès de Taketoki Washizu, qui vivait à quelques heures seulement de Paris. Un rapide calcul m'apprit que cet homme avait quatre-vingt-douze ans. Ce qui ne voulait pas forcément dire qu'il n'était pas dangereux de chercher à le rencontrer. Mais ça se tentait, non ? À cet âge, on cherche à libérer sa conscience, non ?

Quoi ? Vous ne croyez pas que je vous entends d'ici crier que je suis une idéaliste ?

Mais si je m'apercevais que l'homme était inaccessible, au moins, verrais-je la bête !

Et puis, je n'allais pas passer le reste des mois d'été à noircir des cahiers de vacances…

Mon souhait n'était pas, cependant, de m'y rendre seule. Au fond, Rieko était tout aussi concerné que moi, non ? On devait aussi partager cette seconde partie de NOTRE quête.

Taketoki Washizu aurait aussi de nombreuses informations à lui apprendre si cet homme acceptait de parler.

J'ai donc frappé à la porte de la cour. Rieko n'a pas tardé à m'ouvrir.

— Entre, Nouria, m'a-t-il dit.

Il me souriait. Son visage était apaisé.

On s'est installés dans sa pièce de vie, cuisine-salon-salle de bains-salle à manger, qu'il n'avait toujours pas aménagée correctement. Il n'y avait que deux chaises et un futon.

J'ai fait un bref résumé de la situation à Rieko. Il a pris son visage entre ses mains et s'est recroquevillé sur sa chaise. Je l'ai entendu souffler fort plusieurs fois, et j'ai bien cru qu'il allait se relever en me rebalançant sa phrase fétiche. Mais, lorsqu'il a ouvert ses mains, il souriait à nouveau.

— Non, Nouria. Je ne t'accompagnerai pas. Et, cette fois, je ne vais même pas présenter mes excuses. Je ne veux plus entendre parler de la cave de Mémé Rosa. Je souffre déjà de savoir qu'elle se trouve à quelques mètres seulement sous l'endroit où je me tiens. Je veux enterrer mon passé, à présent, Nouria.

J'ai encaissé.

— Tu me laisses seule ? Alors que, moi, je t'ai accompagné durant ta quête.

Il n'a pas cherché à fuir mon regard noir, froid, fâché, outré, complétez la liste selon votre inspiration.

— Je vais clôturer mes affaires à Paris, Nouria. J'ai encore quelques dossiers à régler pour le compte de maître Cléon, et puis je retournerai à Tokyo. Ne t'inquiète pas, tu seras la première que j'informerai du jour de mon départ…

— …

— Je ne me sens pas la force de t'accompagner, Nouria. Je ne cherche pas vengeance et je crois que tu devrais, toi aussi, orienter ta vie sur un chemin différent…

— Je cherche juste à comprendre, Rieko. Je veux aller vers la vérité, et non vers la vengeance.

— Je crois hélas que, pour toi comme pour moi, dans nos épreuves mêlées, on ne peut différencier l'une de l'autre…

À cet instant, allez savoir pourquoi, j'ai dit :

— Le Japon est le deuxième partenaire économique de la Tunisie après la France.

Et mon ami japonais m'a regardée en ouvrant grand ses yeux. Il ne comprenait pas. Il s'est levé, je me suis levée. Le voile qui s'installa devant mes yeux à cet instant semblait être celui qui se trouvait devant ceux de Rieko en sortant de la cave.

Bilan de mon escapade dans le royaume parisien de Rieko : non seulement un refus de mon seul et unique ami, mais aussi l'annonce que nous ne nous verrions bientôt plus jamais.

Ça m'a fait un grand choc, une sorte d'ébranlement intérieur intense. Je vais tenter de vous décrire ce que j'ai ressenti. Tiens… Comme si vous imaginiez que votre cerveau, enfin la matière qui se trouve dans votre crâne, là, derrière votre front et entre vos deux oreilles, n'était plus de la pulpe pourrie de banane, mais du verre, et que ça venait de se briser en un million de morceaux et que ces bris dégringolaient depuis votre tête jusqu'à vos orteils, dans votre corps tout entier, s'accrochant çà et là, blessant, et déchirant partout où ils passaient, où ils parvenaient à se loger, accentuant ses maux, répandant ses supplices, opérant ses malaises.

Pour qu'il ne reste plus que du vide en haut et de la douleur en bas.

J'ai hoché la tête et je suis sortie pour ne pas flancher devant lui. C'était pas dans nos habitudes. Entre nous, on avait toujours cherché à garder une sorte de réserve, de distinction, oui D-I-S-T-I-N-C-T-I-O-N, vous trouverez peut-être ça pédant comme notion, mais c'est le mot qui me vient.

Je suis rentrée dans la loge et je me suis allongée sur mon lit dans l'idée de pleurer un bon coup pour évacuer ma tristesse. Dans mes rêves les plus fous, j'espérais éclater en de puissants et très sonores sanglots. J'allais me tordre et me débattre sur mon lit, et mes larmes seraient de si vives cascades qu'il ne me resterait plus qu'à aller essorer ma couette dans la baignoire, puis aller l'étendre sur le grand fil à linge de la cour.

Ben, rien n'est venu. On est ce qu'on est, comme n'ont jamais eu l'audace d'écrire aussi bêtement les philosophes.

J'avais bien trop à faire pour pleurer.

Je suis entrée dans la chambre de Mémé Rosa et j'ai ouvert sa grande armoire à glace qui sentait fort le produit antimite. J'ai farfouillé tout en bas, à droite, derrière ses longues robes, et j'ai poussé un bref soupir de soulagement lorsque mes doigts ont effleuré le couvercle en métal de la « couscoussière poilue » de Mémé Rosa. On la surnommait comme ça parce que c'était sa première couscoussière. Elle l'avait eue pour son mariage et elle ne s'en servait plus du tout pour cuisiner. Des peluches s'étaient agglomérées sur une fine couche de graisse présente à la surface de l'ustensile, et cela lui donnait une drôle d'apparence, une pilosité inédite et, pour tout dire, amusante. Par superstition, Mémé ne voulait jamais la nettoyer. Elle aurait eu l'impression de revenir sur son passé, de le récurer, et que ça n'était pas encore le moment.

Je l'ai sortie et j'ai soulevé le couvercle. Dans le fond, il y avait plusieurs liasses de billets, retenues par des élastiques multicolores. C'était le trésor de Mémé. Ses fonds secrets.

Je lui ai emprunté vingt billets de cinquante euros en me demandant si c'était à l'aide de cet argent secret qu'elle avait rassemblé toutes les informations dans la cave.

Dieu ne le lui rendra jamais, ça c'est certain, mais moi j'espérais le faire un jour.

Et puis ça n'était pas le plus important, non ? Mémé avait sûrement tué un homme parce qu'il s'était dressé entre la vérité et elle. Alors elle n'allait pas faire de mille euros un couscous royal, si ?

Une heure plus tard, j'étais assise dans un TGV, côté fenêtre pour voir défiler le paysage. Côté couloir, un jeune homme silencieux lisait un manga dans lequel un des personnages principaux était curieusement le sosie de Rieko.

J'ai feuilleté ce manga plusieurs années après mon escapade. Le héros ressemblait autant à Rieko que moi à Jeanne d'Arc.

C'était pour l'anecdote.

Le TGV s'élança à l'heure. J'étais bien « en rail » pour Saint-Raphaël.

4

Le contrôleur, en découvrant que je voyageais seule, à quatorze ans, haussa les sourcils et maugréa ensuite, un peu plus loin, au sujet des parents qui abandonnent leurs enfants à leur sort.

S'il connaissait seulement la vérité…

Quand j'y repense, c'était incroyable cette dichotomie chez Mémé Rosa, entre son monde visible et son monde souterrain. Autant sa loge – à l'exception notable de ma chambre – ressemblait à Capharnaüm-sur-Seine, autant la cave était dans un état de rangement impeccable. Pas un dossier ne dépassait des étagères et pas un seul objet n'était entassé sur un autre – règle de rangement pourtant immuable de ma grand-mère à la surface.

C'est pourquoi, durant mes cinq heures de trajet en train, tandis que je traversais la France du nord au sud, j'ai pu lire, relire et rerelire le dossier à la couverture noire étiqueté *Taketoki Washizu*. Mémé n'avait pas réussi à trouver beaucoup d'éléments probants, pas plus au sujet de la disparition des parents de Rieko que pour l'affaire qui me préoccupait plus directement. C'était un résumé de la première partie de la vie du yakusa – j'y reviendrai – et de la création de la Torohito où il prit part activement au développement de l'entreprise mafieuse à l'international. Washizu avait notamment séjourné un an et demi en Tunisie, en 1995-1996, soit bien avant l'assassinat de mon père, qui a eu lieu en 2010. Il avait supervisé l'ouverture d'une filiale pour l'Afrique du Nord, sise à Tunis et, en ce sens, avait été en mesure de se faire bien des contacts là-bas, si l'envie lui avait pris de rejouer une partition similaire à celle de Kobé, de ce côté-ci du globe.

J'aurais tant aimé avoir l'avis de Rieko sur ce point-là et sur tant d'autres… Faudra repasser.

En vérité, la nuit précédente, lorsque j'avais épluché les documents dans la cave et détailler tous les objets, je n'étais pas parvenue à me forger une conviction pleine et entière quant à la culpabilité des trois yakusas. Et d'ailleurs, c'était tout à fait normal car, si Mémé Rosa avait réussi à réunir toutes les preuves, elle les aurait forcément soumises à son avocate, puis à la police, pour que maman soit rejugée ! Non, j'étais sortie de cette nuit convaincue, mais il manquait LA PREUVE, L'ÉLÉMENT, LE TÉMOIGNAGE certain à même de faire basculer la tragédie.

J'étais en route pour le trouver. Et s'il ne se présentait pas sur la Côte d'Azur, eh bien j'irais alors le chercher sur la côte californienne.

Ma recherche de vérité était en marche, et rien n'aurait pu l'arrêter.

En attendant, un simple coup de frein hydraulique stoppa mon TGV en gare de Saint-Raphaël-Valescure, ce qui nous permit de descendre, à moi et mon sac à dos.

La première chose qu'on voit en sortant de la gare de Saint-Raphaël, vous le croirez ou non, ce n'est pas la grande bleue, mais le visage hilare, en très grand format, de Louis de Funès qui s'étale sur la façade du musée dont il est l'objet.

Il était dix-sept heures et j'avais franchement la dalle. Sur la droite, en descendant un peu la grande rue commerçante, je suis tombée sur un magasin qui vendait des sandwichs et des parts de tartes tropéziennes. Je ne sais pas si vous connaissez cette recette diététique typiquement du coin, mais elle consiste à inclure une couche de crème pâtissière de vingt centimètres d'épaisseur environ entre deux brioches saupoudrées de sucre perlé. Il n'y avait plus de sandwich à cette heure, j'ai donc pris trois parts de tarte.

Ne dit-on pas que la faim justifie les moyens ?

La ville grouillait en cette fin d'après-midi d'été. Dans les rues, trois familles de vacanciers avec leurs enfants et, sur les plages et les terrasses environnantes, quatre mille retraités seuls ou en couple.

Le soleil éclatait dans un ciel d'un bleu que je n'avais jamais vu jusque-là, totalement dépourvu de gris. À Paris, une tache de gris traîne toujours quelque part dans le ciel… La pollution, un incendie, un groupe de fumeurs, ou tout simplement le temps pourri du nord.

J'avais chaud, il faut dire que j'étais partie avec le pull en laine qui m'avait servi à ne pas geler dans la cave la nuit. Grave erreur. Je me suis mise à l'aise, en tee-shirt, cheveux lâchés.

戒名

Je connaissais par cœur l'adresse de Taketoki Washizu. Il faut dire qu'elle n'avait pas été difficile à retenir. Le Japonais habitait au 12 de l'allée de la Pointe-des-Moines. C'était poétique, non ? J'avais regardé sur un moteur de recherche et il possédait une immense villa face à la mer dans le quartier dit « paisible » de Boulouris, situé sur la côte à l'est de Saint-Raphaël.

Puisque je n'avais pas de smartphone, et donc plus aucun moyen de me repérer correctement dans ce monde moderne, je me la suis jouée à l'ancienne et j'ai hélé un pépé qui passait par là, avec un exemplaire d'un journal local sous le bras. Ça sentait à plein nez le résident à l'année. Il a soulevé sa casquette beige, a exécuté une drôle de courbette sans que je sache vraiment s'il me saluait ou s'il avait failli tomber.

Je lui ai demandé comment me rendre à la pointe des Moines. En guise de réponse, il se gratta le bout du nez avec insistance. Était-ce un signe de reconnaissance entre les autochtones et les vacanciers ? Puisqu'il semblait y tenir, et parce que aussi j'avais besoin de son aide, je me suis gratté le nez à mon tour et j'ai ramené du bout de mon index une lichette de crème pâtissière.

CQFD.

— L'allée de la Pointe-des-Moines, Mademoiselle ? dit-il d'un accent chantant, visiblement satisfait de lui. Eh bien, vous pouvez soit passer par les terres en empruntant la route par-là …

Il me désigna le bâtiment avec la tronche de Louis de Funès.

— Soit, si votre sac à dos n'est pas trop lourd, et que vos chaussures sont assez résistantes, vous continuez la promenade le long des plages jusqu'au port de Santa-Lucia, et puis vous empruntez le sentier des Douaniers qui longe la mer sur les rochers... Mais attention aux éclaboussures...

Notez le vouvoiement, même pour une gamine de quatorze ans.

Je l'ai remercié avec les honneurs dus à sa gentillesse.

Va pour le sentier maritime, j'avais besoin d'air pur après les poussières de la nuit. Mes baskets tiendraient le choc sur les arêtes de porphyre, et tant mieux si des embruns, ou même des vagues, venaient me laver de mes péchés à venir.

Amen.

Quant aux coups de soleil, je les craignais forcément moins que cette famille d'Anglais à la peau de cochon, dont les enfants braillèrent durant tout mon chemin jusqu'au port.

À son extrémité, en passant plusieurs rades où s'entrechoquaient les mâts de centaines de bateaux, je découvris un panneau en bois qui annonçait le début du sentier.

Après une brève ascension sur une terre orangée, entre de tout petits cyprès, je commençais ma paisible escalade côtière en direction de la pointe des Moines. La vue sur la Méditerranée, vers l'est, était splendide. On eût dit l'eau suavement agitée par des rubans dorés. Au loin, j'aperçus une petite île et un gros rocher.

Le chemin sur les rochers fut bien court, finalement, et j'obliquais en direction de la route lorsqu'un panneau m'indiqua que l'allée de la Pointe-des-Moines n'attendait que moi.

戒名

J'ai regagné ce satané bitume et, après trois minutes de marche, je me suis retrouvée plantée devant le portail du numéro 12.

Dix mètres de largeur, trois de hauteur. Les clôtures à l'avenant. Circulez, il n'y a rien à voir.

Évidemment, j'aurais pu sonner. Vous auriez peut-être fait ça, vous, à ma place… D'autant que j'avais lu dans le dossier de Mémé Rosa que Washizu, avant de fonder la Torohito avec les deux autres sagouins, avait brièvement entamé une carrière de chanteur de charme à la fin des années soixante, voulant s'aventurer sur les traces de Kyū Sakamoto, un irrésistible crooner japonais. Washizu avait eu un petit succès d'estime et s'était produit plus de deux cents fois à Nagoya, Osaka et Gifu. J'aurais donc pu me présenter comme une groupie en mal d'autographe. Mais cela aurait certainement paru bien étrange au vu de mon jeune âge, mais aussi de ma peau maltée et de mes cheveux frisés. Je n'avais pas vraiment la tête d'une midinette de la fin des années soixante au Japon.

J'ai donc rebroussé chemin et j'ai repris mon sentier du littoral, vers l'est. Je suis passée devant la villa du Japonais. Et là, j'ai pu voir ! Car, afin de préserver la vue sur la mer depuis le jardin méditerranéen ponctué de gros palmiers, de pins parasols et de plantes odorantes, ce n'était pas une clôture ici mais un grillage renforcé.

La villa était splendide, immense, bardée de grandes baies vitrées. On devinait une piscine à débordement à droite du jardin, ainsi qu'un petit bâtiment, qui devait être un spa, attenant à un kiosque à musique.

Un petit paradis.

Le grillage courait sur plus de deux cents mètres. Le domaine devait être un des plus importants de ce quartier ultrachic.

Mais ce petit paradis était gardé par une troupe de cerbères qui n'avaient pas franchement l'air commode. Ils étaient quatre. Quatre costauds dont deux circulaient dans le jardin, comme s'ils faisaient une ronde, et deux autres qui ne quittaient pas l'horizon des yeux. Ce qui était encore plus étrange d'ailleurs.

Pour ne pas paraître trop suspecte aux yeux des colosses qui m'avaient forcément repérée, je me suis installée sur un rocher et j'ai ouvert mon sac à dos, faisant semblant de me désaltérer.

Puis j'ai repris mon chemin. Le sentier montait un peu et, sur une dizaine de mètres, en slalomant entre des massifs de doigts de sorcière, j'étais au contact du grillage.

C'est alors que je le vis.

Ou plutôt l'entraperçus.

Un vieil homme... énorme... d'une obésité incroyable... reposant dans un hamac qui ployait entre deux palmiers, à un demi-centimètre du sol.

C'était Taketoki Washizu, j'en étais persuadée. Mon fameux sixième sens, celui que vous appréciez tant, était de retour.

Je ne voyais rien de sa tête. D'ailleurs ressortait-elle vraiment de son corps, de son cou ?... C'était difficile de distinguer quoi que ce soit de précis dans cette masse de graisse.

Les deux palmiers où était attaché le hamac étaient tellement courbés qu'ils s'entrecroisaient pour former un toit, tellement fatigués qu'on entendait presque le râle de douleur que poussait leur écorce meurtrie.

Je devais entrer dans ce jardin avant qu'un monte-charge, probablement conduit par un de ses sbires, ne le reconduise en direction de la villa.

Mais comment faire ?

Y aller au culot, à l'esbroufe, en sautant par-dessus le portillon et en fonçant vers Washizu ?

Très mauvais choix car les cerbères me sauteraient aussitôt dessus.

Non, il fallait trouver une tactique, bâtir un plan. J'ai donc rebroussé chemin, mais sans suivre les indications du sentier peintes en jaune sur les rochers. Non, plus bas… Sur les cailloux léchés par la mer… De là, j'étais invisible.

Et bien m'en a pris car je me suis retrouvée au bord d'une petite crique, cachée aux regards des promeneurs. Un portail vert à double vantail était inclus dans la roche et devait présenter un accès direct vers les caves de la villa.

Restons calmes. Le portail était fermé. Impossible de l'ouvrir.

Mais un hors-bord était amarré dans la crique.

Et ça, c'était excellent pour ma pomme.

Je ne perds pas mon temps à vous expliquer mon plan, parce que vous auriez fait pareil. J'ai donc défait la corde qui était mollement attachée à une bitte de porphyre et j'ai poussé le hors-bord aussi fort que possible en direction du large.

La mer a fait le reste, comme on dit si bien dans les chansons de marins.

Je suis remontée illico vers le sentier et la jeune fille que je suis s'est dissimulée à l'ombre d'un cactus en fleur.

Lorsque les gardiens du paradis se sont aperçus que le hors-bord allait rejoindre Alger s'ils ne se bougeaient pas fissa, ils ont fait marcher leurs gros muscles et ont pris la direction de la crique.

J'ai compté : un, deux, trois, quatre, passés par le portillon.

Resté ouvert pour l'occasion, merci messieurs. Bien le bonjour chez vous.

Je n'ai pas attendu plus d'une seconde avant de m'élancer dans le jardin ombragé.

Cela sentait un mélange d'oranger, de chèvrefeuille et de laurier-rose. Et d'herbe fraîche.

Je fonçai en direction du hamac.

Je n'étais plus qu'à cinq mètres à peine d'un des trois yakusas. Prête à remplir une partie de ma quête. Sur ma droite, mon ombre s'étalait, étrange, plus effilée que moi, et qui ne laissait pas transparaître mes cheveux longs. Comme si l'ombre n'était pas la mienne, mais celle du Professeur.

L'homme dans le hamac devait peser plus de deux cents kilos, près de trois cents peut-être même. On ne pouvait même plus le comparer à un athlète sumo, mais plutôt à l'incarnation terrestre d'un *waira*, un *yōkai* japonais, sorte de monstre énorme au corps de vache qui sévit dans les montagnes.

— Taketoki Washizu ?

La masse sembla tourner en partie sur elle-même, en direction de ma voix, et cela fit comme un bruit de siphon, un son qui se rapprochait de celui des derniers instants d'un remugle d'eau sale dans un évier qui termine de se vider.

— Taketoki Washizu ?

Il ouvrit alors ses deux petits yeux noirs, sans rien me répondre, et je sombrai aussitôt dans ces deux trous sans fond.

5

J'ai donc attendu que le bruit cesse, que quelque chose, quelque part, dans ce corps, termine de se vider ou de se remplir, je ne veux même pas penser à ça, et j'ai l'intuition que vous n'y tenez pas non plus.

— Ouich… a fait le Japonais.

C'était bien lui. Il ne ressemblait plus en rien à la photo dans la cave de Mémé. On avait encore plus de mal à l'imaginer en train de faire tourner les cœurs des demoiselles japonaises du centre du Japon.

J'avais trois minutes, tout au plus, avant que les séides du *waira* ne remontent de la crique, trempés et énervés comme pas possible.

— Je m'appelle Nouria. Je viens de Paris pour vous parler de mes parents. Inaya et Bilal Alila, ça vous parle forcément…

La masse resta inerte. Le Japonais ne dit pas un mot, mais je vis une petite flamme s'allumer au fond de ses yeux. J'enchaînai :

戒名

— Rieko Tanizaki, ça ne vous parle pas plus…

Derrière moi, depuis la mer, on entendait les cris des colosses, des insultes, des jurons, c'était charmant.

Washizu leva son bras droit, le seul disponible puisque le gauche était coincé sous une partie de son ventre. Lorsqu'il fit ce geste, le tissu de son ample chemise se raidit aussitôt, comme si on venait de verser des litres de gélatine à l'intérieur.

Il peinait à bouger sa main, mais je crois bien qu'il me faisait signe de m'approcher.

— … Parle pas bien le français, susurra-t-il alors.

J'ai pris son haleine en plein visage, et ça m'a envoyée loin des senteurs du jardin, ou bien dans celui du gardien des égouts de Gargantua. L'odeur pestilentielle qui s'échappait de sa bouche me rappelait que l'homme était au fond un corps amené à se décomposer, que l'âme pour certains, la vie biologique pour d'autres, gardait dans un état à peu près présentable en attendant l'instant fatidique.

J'ai répété :

— Inaya et Bilal Alila à Tunis, les parents de Rieko Tanizaki à Kobé…

Il a soupiré.

— Jamais chercher dans le passé des gens, Mademoiselle… Jamais…

Bon, vous vouliez que je tente quoi, là ? Au fond, depuis mon départ de Paris, ma tentative de dialogue avec Washizu était vouée à l'échec. Est-ce que j'avais pensé un seul instant que le yakusa me tomberait dans les bras en se repentant et en me signant des aveux circonstanciés afin d'innocenter ma mère ?

— Jamais chercher dans le passé des gens, Mademoiselle... répéta-t-il. Malheur... Que du malheur...

Mais je n'ai pas bougé d'un millimètre.

— Partez ! lança alors l'obèse. Partez ! Je n'ai rien à dire. Pas à vous... Personne... Personne...

Et ce fut précisément lorsqu'il décida, par cette parole, de mettre fin à notre conversation qu'elle commença vraiment.

La voix de Washizu ne résonnerait plus dans ma tête, et c'était tant mieux. Car des dizaines, des centaines d'autres venaient de la remplacer. J'entendais les morts, des interjections incessantes qui montaient, montaient dans mon esprit... Ça m'arrivait, parfois, quand je m'approchais d'un cimetière, mais pas que. Rieko a cherché à savoir, lors d'une de nos conversations, ce qui déclenchait, chez moi, la faculté d'écouter des défunts. Ça pouvait être la proximité du corps, oui, ou bien ma présence dans un endroit que le mort affectionnait particulièrement... Je n'ai jamais su véritablement et je doute le savoir un jour. Ce n'est pas vraiment le genre de don pour lequel on vous fournit un mode d'emploi à la naissance.

Mais là, face au yakusa, je me doutais qu'il s'agissait d'autre chose, d'un phénomène qui ne s'était jamais présenté à moi jusqu'alors. Et c'était tant mieux.

Washizu était un tueur dans l'âme, un homme sans le moindre scrupule qui assassinait comme il devait ingurgiter ses bols de *rāmen*. Et il charriait avec lui les voix de ses victimes, qui ne pouvaient se reposer en paix. Rieko aurait désigné ce type comme un « empêcheur de *kaimyō* ». Toutes les voix qui se mettaient à résonner en moi, dans un désordre et un brouhaha inouïs, c'étaient les cris de toutes les cibles de Washizu qui, par la force des événements, à cause de l'infamie du personnage, n'avaient jamais pu bénéficier d'un *kaimyō*.

Je me suis surprise à fermer les yeux, mais les voix montaient encore, en nombre, en volume, en intensité, et ça m'a fait tanguer. Je ne comprenais rien, ne saisissais rien. Dans quelles langues s'adressaient-elles à moi ? Que me voulaient-elles ?

Je n'ai pas entendu une seule fois mon prénom, ni ceux de Rosa ou de Rieko, aucun nom familier. Le mot « *kaimyō* » résonna-t-il à une ou plusieurs reprises dans ce flot ? Je n'en sais rien. C'était une marée, une marée immense comme je n'en ai jamais eu lors de ces curieuses expériences.

Ces voix s'adressaient à moi et me voulaient quelque chose. Elles désiraient toutes de l'aide. Mais pour quoi ? Que faire ?

J'étais en apnée et, lorsque j'ai rouvert les yeux, j'ai vu que le Japonais cherchait à se redresser sans y arriver. Il poussait de petits ahanements grotesques. Il devait avoir senti chez moi la bascule qui venait de se réaliser, ma faiblesse généralisée.

Alors, j'ai fait un pas en arrière, puis un nouveau. Et le volume s'est réduit dans mon esprit. J'ai reculé encore, écrasant sur mon passage un joli parterre de thym citronné.

Je n'entendais plus que de lointains échos, mais encore des timbres étonnants, des voix androgynes, d'autres métalliques qui ressemblaient à celles créées par les ordinateurs.

Un nouveau pas en arrière, pour remettre de la distance entre moi et le bourreau.

Et le silence se fit. Paisible.

Washizu remuait dans son hamac, les palmiers menaçaient de céder.

Je suis partie aussitôt. Je n'ai pas croisé les cerbères, je n'ai même pas regardé vers la mer s'ils s'y trouvaient toujours. J'ai filé à l'abri des pins.

J'étais confortée dans ma quête. Non, les trois yakusas ne pouvaient plus dormir en paix, ils ne pouvaient plus continuer à vivre en paix alors qu'ils avaient laissé tant de corps morts et d'âmes blessées dans le sillage de leur vie… Et, ce soir-là, en m'endormant sur un banc face à la mer puisque le dernier TGV était parti, j'ai un peu pleuré. Un tout petit peu. C'est comme ça, je n'ai rien pu faire.

Je pensais à toutes ces voix qui étaient venues se confier à moi. Il y en avait tant, qui parlaient des langues inconnues, que je n'ai rien compris de tangible si ce n'est qu'elles appelaient à l'aide pour la plupart.

C'était bouleversant.

Surtout que mon sixième sens me soufflait que, dans le lot, il y avait peut-être celles des parents de Rieko.

Et de mon pauvre papa.

6

Vous pouvez deviner quel était mon état d'esprit lorsque j'ai réintégré notre loge, dans l'immeuble, le lendemain en début d'après-midi, après un morne retour en train, et qu'en plus je ne pouvais même pas me confier à Rieko pour chercher un peu de réconfort.

Non que je n'aie pas essayé par un sentiment de quelque orgueil mal placé, non… J'en aurais eu mille fois besoin… C'était surtout que mon ami japonais n'était pas là. J'ai eu beau frapper contre sa porte, personne n'est venu. Les bureaux étaient vides.

J'ai fait tant de bruit qu'un voisin du quatrième a ouvert sa fenêtre qui donne sur la cour.

— Mais c'est bientôt fini, ce boucan, oui ? qu'il a crié.

Il s'est un peu radouci en découvrant que c'était moi.

— Ah, Nouria… Comment va ta grand-mère ?

J'ai hurlé : « Très mal, merci ! » tout en traversant la cour, la tête basse, les mains dans les poches. J'ai claqué la porte de la loge et je me suis jetée sur le canapé. Mes yeux sont demeurés secs. C'est à cet instant que je me suis rendu compte que le ragdoll, le chat que Mémé avait plus ou moins adopté, avait fui, lui aussi.

Je suis restée là une bonne heure avant qu'une odeur nauséabonde provenant de la cuisine me rappelle au monde de la matière. Elle émanait du frigo. J'ai pris sur moi de l'ouvrir, non sans m'être équipée d'un des masques FFP2 que Mémé avait accumulés en grande quantité lors de la pandémie. Elle les stockait dans son armoire, près de la couscoussière, pensant qu'en cas de rupture de stock on les commercialiserait au prix du diamant.

En nettoyant l'intérieur du réfrigérateur – je veux bien vous passer les détails, ne me remerciez pas, ce n'est pas nécessaire –, j'ai relativisé, après coup, l'haleine du yakusa.

Je suis sortie pour porter le sac poubelle contenant les denrées avariées, loin, très loin de la loge, et c'est là que je suis tombée nez à nez avec un des deux inspecteurs que j'avais croisés hier matin, dans la chambre de Mémé Rosa.

— Je peux te parler ? m'a-t-il demandé, sa fine moustache noire toute frétillante.

L'effet de la puanteur, sûrement.

Je l'ai fait entrer dans la loge et j'ai vu que ses yeux ont fureté partout. Il est resté debout.

— L'état de ta Mémé ne s'arrange pas et les médecins craignent à présent pour sa vie…

Ils ont des formations à la psychologie, les flics ? Je vous demande ça en passant…

— Il va falloir qu'on revienne ici avec nos collègues de la police scientifique pour établir des constats, faire des relevés… Tu sais, ta grand-mère est la principale suspecte dans le meurtre de monsieur Mouret… Sais-tu s'ils avaient des griefs l'un envers l'autre ? Une mésentente liée à un souci dans l'immeuble ?

— C'est un interrogatoire en bonne et due forme ? ai-je demandé sans l'ombre d'une hésitation.

—Je voulais juste te prévenir que nous allons bientôt te convoquer au commissariat pour que la procédure suive son cours…

— De toute façon, si ma grand-mère meurt, votre enquête, elle ne sert plus à rien… À moins que vous ne vouliez l'empailler pour qu'elle puisse tout de même prendre place dans le box de l'accusé, à la cour d'assises…

Ça m'est venu comme ça. Que Mémé me pardonne ! Et puis elle s'en fiche, je le sais bien. La moustache du policier s'est toute rabougrie. Il a balbutié quelques mots avant de me saluer et de quitter la loge. Je ne sais pas ce qui l'a le plus sidéré : l'image du cadavre boursouflé de Mémé Rosa allongé sur la table d'un taxidermiste ou bien mon vocabulaire juridique qu'on ne trouve pas souvent dans la bouche d'une ado de quatorze ans…

C'était une journée pourrie, parfaitement symbolisée par l'intérieur du frigo, et la suivante fut du même acabit. Je l'avais achevée en me rendant dans la cave. J'y étais allée comme on entre dans un sanctuaire, mais je n'avais pas envie de prier et je l'ai trouvée vide de substance, maintenant qu'elle n'avait plus trop de secret pour moi. L'enquête devait se poursuivre au-dessus du sol et non plus dans les passages secrets de la mémoire de Mémé Rosa. Après Taketoki Washizu, je devais aller voir Takeda Shingen et Oda Nobunaga pour les faire parler. Obtenir quelque chose d'eux. D'ailleurs – vous allez juger ça puéril et je ne vous en veux pas –, j'ai carrément déchiré le portrait de Washizu, à la cave. « Réduit en miettes » serait d'ailleurs une expression plus appropriée. Non parce qu'il ne lui ressemblait plus du tout – l'homme avait encore le visage mince sur la photo –, mais parce que ça m'a simplement fait du bien. Un peu de bien, hein, faut pas pousser.

J'ai commencé la journée suivante en tentant de trouver quelque chose à manger pour le petit déjeuner. J'avais plutôt bien dormi. Je suis tombée sur de vieilles madeleines que j'ai trempées dans du thé au jasmin. C'est en repassant dans le couloir pour me changer que je me suis rendu compte qu'une des vitres de la porte d'entrée avait été brisée pendant la nuit. La plus proche de la poignée, en bas, à droite, celle qui vous permet d'ouvrir la porte si elle ne s'ouvre que depuis l'intérieur. J'ai ramassé le verre cassé en me posant des dizaines de questions.

Était-ce un simple incident ou… brrrr… quelqu'un était-il venu me rendre visite pendant la nuit ?

Sans vraiment trop y croire, j'ai glissé ma main dans la couscoussière poilue et j'ai effleuré sans aucun doute possible les liasses de billets. En parcourant les trois petites pièces de la loge, je n'ai décelé aucun changement apparent. Le trousseau de Mémé se trouvait toujours sur la table de la cuisine ainsi que, sur mon bureau, les documents rapportés de la cave.

Rien de valeur ne semblait avoir été dérobé. J'ai terminé mon inspection par la petite armoire blindée qui contient les clefs des propriétaires et des locataires de l'immeuble. Elle n'avait pas été forcée.

Fin de l'histoire, même si je n'en menais pas large en imaginant un éventuel fantôme bien en chair circuler dans la loge tandis que je dormais dans mon lit… Il faudrait que je change la vitre au plus vite et que je pense à bien fermer la porte à clef cette nuit.

Je suis allée faire des petites courses pour avoir de quoi manger, un peu. Et, lorsque je suis revenue de la supérette, une femme patientait dans la cour. Elle était immense, près d'un mètre quatre-vingts, portait des piercings aux deux oreilles ainsi que sur la lèvre inférieure et avait les cheveux très courts, qui rebiquaient sur le haut de son crâne.

Elle se présenta comme une agente de l'Aide sociale à l'enfance.

— Nous avons eu vos coordonnées par le commissariat du 13e, commença-t-elle. Votre grand-mère est hospitalisée. Vous vivez seule ici ?

J'ai hoché la tête.

— Je peux entrer ? demanda-t-elle en désignant la porte de la loge d'un coup de menton.

J'ai haussé les épaules et elle n'a pas eu l'air d'apprécier.

— Tiens, il manque une vitre, là… Ça ne vous gêne pas trop ?

— L'hiver, oui, ai-je menti. Mais là, avec des nuits à vingt-cinq degrés, et plus de trente-deux jours de grisaille sans pluie, ça peut aller...

Elle m'a posé des questions, madame Papadopoulous, elle a pris des pages de notes en disant que j'aurais très bientôt de ses nouvelles parce que la situation, selon elle, était grave. Je vous rassure : elle ne m'a pas dit ça d'un ton menaçant, mais plutôt accort.

Moi, de ses nouvelles, j'aimerais en avoir le plus tard possible… Car s'il y avait bien un truc que je ne voulais pas affronter dans les prochains jours, c'était qu'on me force à intégrer un foyer pour jeunes filles… Il y en avait un, rue Boussingault, à quelques centaines de mètres de l'immeuble. Lorsque je passais devant pour me rendre au collège, j'avais souvent l'impression de me retrouver dans un monde post-apocalyptique où les zombies seraient les seuls survivants sur cette Terre…

Pour la rassurer, je lui ai parlé de Rieko.

— Rieko ? Qui est Rieko ?

C'était un peu long à lui expliquer alors je lui ai tout simplement dit que c'était un vieil ami de la famille (ce qui n'était pas faux) et qu'il allait me prendre en charge pendant l'hospitalisation de Mémé Rosa.

— Il faut que je rencontre ce Rieko au plus vite, dit-elle.

— Je vais lui communiquer vos coordonnées, il vous appellera.

— Vite.

— Vite.

Elle est enfin partie.

Hop ! Et une mauvaise journée de plus au compteur… J'ai tout de même appelé un vitrier pour la porte.

Je vous fais grâce de la soirée et de la nuit. Je n'arrivais pas à me concentrer sur un roman. Alors je lisais et relisais les documents en me disant que, la prochaine étape, ce serait d'aller rendre visite à Takeda Shingen. Son adresse à San Francisco était inscrite bleu sur blanc sur un document, de l'écriture même de Mémé Rosa. Mais prendre place à bord d'un vol transatlantique à quatorze ans, ce n'était pas la même confiture que de berner un contrôleur de la SNCF. Remarquez que je ne l'avais même pas berné, mais qu'il se fichait de tout, bref…

Je me retrouvais face à un nouveau mur. Un de plus.

Et puis Rieko me manquait. Je guettais parfois, depuis la fenêtre sale de la cuisine, une éventuelle lueur dans son bureau. Elle ne vint pas.

Des coups frappés à la porte me reveillèrent le lendemain.

Un vague coup d'œil vers mon radioréveil. Il était tôt, très tôt, trop tôt.

Qu'est-ce qui pouvait encore bien me tomber dessus ?

L'équipe de la police scientifique ? Une douzaine d'hommes, débarquant avec leurs combinaisons blanches intégrales et aspergeant la loge de plusieurs poudres et liquides…

Madame Papadopoulous, revenue avec plusieurs de ses collègues pour m'ériger en exemple de la précarité qui touche les jeunes en France, et à Paris en particulier ?

Le fantôme d'Achille Mouret, pour demander justice et se venger en me trucidant parce que l'accès à la chambre de Mémé Rosa était trop complexe pour son esprit en compote ? Bon, un fantôme, ça ne sonne pas, je vous l'accorde.

Et si c'était plutôt Taketoki Washizu qui avait réussi à traîner ses trois cents kilos de Saint-Raphaël à Paris et qui attendait que j'ouvre pour dresser devant moi son bras en gélatine, son gigot humain, terminé par un revolver pointé droit sur le centre de mon front.

Alors ? Faites votre choix.

Et puis pas la peine de vous casser la tête…

Perdu.

C'était Rieko.

7

— Viens Nouria... Je t'emmène.

— Rieko !

— Aïe !

— Oh, attention !

— Tout doux, Nouria... Je me suis cogné la tête contre la borne de l'entrée à cause de toi...

— Tu veux une compresse ?

— Non, non, ça ira... Je ne saigne pas... Contrairement aux apparences, le coton-tige a la tête dure... Allez, relevons-nous, nous avons à faire...

— Si tu es revenu, Rieko, c'est que tu veux retourner à la cave... Tu vas m'accompagner à présent, tu vas m'aider ?

— Non, Nouria... NOUS allons nous aider, comme lors des dernières semaines... Et pour ce qui est de la cave, cela ne sera pas la peine, merci... J'y suis déjà retourné...

— ...

— Il y a deux nuits de cela… Je n'ai pas voulu te déranger… Tu dormais paisiblement et j'ai supposé que tu en avais bien besoin…

— La vitre brisée sur la porte, c'est donc toi ?

— Oui, je suis désolé, Nouria. Je la rembourserai, évidemment.

— Je m'en fiche bien, de cette vitre, tu penses… Tu ne repars donc plus au Japon ?

— Si, mais pas tout de suite. Et quand j'y retournerai, j'ai la furieuse impression que ça sera avec toi…

— Et ton exploration de la cave, alors ?

— Pénible dans un premier temps. Surtout ce secrétaire qui contenait tant d'informations sur moi… Mémé Rosa était une sacrée cachottière…

— « Est », Rieko. Le présent, ici, convient beaucoup mieux que le passé, trop triste, tu ne trouves pas ?

— Sinon, ma visite de la cave était… Ah, je ne trouve plus le mot… Et pourtant, j'avais cherché le terme exact… Ça y est ! Édifiante… C'est bien le mot qui convient, non ? C'est correct ?

— Oui, Rieko… C'est même plus que correct, c'est juste.

— J'ai un peu farfouillé dans le royaume souterrain de Rosa, et j'ai deviné qu'il manquait plein de papiers importants… Lorsque je suis revenu déposer mes clefs dans la loge, j'en ai profité pour les feuilleter… Et je crois être parvenu à la même conclusion que toi… Taketoki Washizu, Takeda Shingen et Oda Nobunaga sont bien les responsables conjoints de nos malheurs…

— Il faut aller les voir… leur demander la vérité… Nous n'obtiendrons pas d'aveux… mais ils doivent parler… Ils nous doivent la vérité… ou tout du moins nous aider à la trouver… Il faut innocenter ma mère, Rieko… Il faut continuer la quête de Mémé…

— C'est pour cela que je suis de retour, Nouria…

— Je suis déjà allée à Boulouris, Rieko. Le jour même de ton départ… J'ai vu Washizu… Je lui ai parlé…

— J'y suis allé aussi, Nouria. Le lendemain après-midi, après ma visite de la cave. Je suis passé par le portillon du sentier maritime après avoir embouti ma voiture de location contre le portail qui donne sur la route. Ça a occupé les gardes un bon bout de temps…

— Et ?

— Washizu n'a rien voulu me dire. C'est un homme terrible. Une pauvre âme.

— Il n'en a pas. Il ne m'a rien dit à moi non plus. Ce type n'a pas d'âme.

— Tout le monde a une âme, Nouria. À l'inverse, tout le monde n'a pas la chance d'avoir un *kaimyō*.

— Ben justement… Washizu, c'est un « empêcheur de *kaimyō* »… Oui, l'expression est de moi… Lorsque j'étais tout près de lui, j'ai entendu des centaines de voix, Rieko… C'était éprouvant…

— …

— Tu ne dis rien…

— …

— Rieko ? Tu ne réponds pas ?

— Cela a dû être terrible pour toi, en effet… Oh, Nouria… Mais je suppose que, tout comme moi, cette rencontre a raffermi tes certitudes et ton envie de continuer…

— Plus que jamais, oui…

戒名

— Regarde…

— C'est quoi ?

— Un article de *Var-Matin* que j'ai imprimé ce matin…

— …

— C'est… arrivé… quand ?

— Peu de temps après notre entrevue. Son cœur a lâché. Vu son état physique, ce n'est guère surprenant…

— Ce n'est pas toi qui… Rieko ? Ce n'est pas toi qui…

— …

— …

— Tu plaisantes, n'est-ce pas, Nouria ? Tu n'as pas vraiment pensé cela ?

— …

— Non, je ne l'ai pas tué. Mais peut-être que ce sont nos deux visites successives qui ont emballé le cœur de Washizu…

— Tu es Edmond et je suis Dantès…

— Que dis-tu, Nouria ? Tu as chuchoté, je n'ai pas entendu…

— Non, rien… Une réflexion idiote… *Le Comte de Monte-Cristo*, d'Alexandre Dumas… Tu l'as lu.

— Évidemment ! En français dans le texte. Et puis il a été adapté en manga dans mon pays… C'est un roman très célèbre.

— Et donc ?

— Et donc tu pourrais être Edmond et je pourrais être Dantès…

— …

— Sauf que nous, Nouria, nous ne cherchons pas à nous venger, n'est-ce pas ?

— Juste à comprendre.

— Et Dantès, lui, savait déjà tout.

— Ou presque.

— Bon. Assez bavardé, tu ne trouves pas ? Passons à l'action, nous sommes bons sur ce terrain, aussi, non ? Et puis nous aurons le temps de nous réapprivoiser dans les prochains jours…

— Rieko, on ne s'est pas parlé pendant trois jours seulement…

— Trois jours de trop, de perdus… Je me suis comporté comme le dernier des idiots…

— L'important, c'est que tu aies changé d'avis… Tu veux bien me dire pourquoi ?

— Je te dirai tout dans la voiture, Nouria, car, en effet, cela te concerne de près et ce sera riche en informations, je peux te le garantir… L'heure tourne… Nous devons partir. Vite. Quelle heure est-il ? Huit heures trente. On doit filer.

— Mais pour où ?

— Tu t'en doutes, non ? Nous nous rendons où tu souhaitais aller, après l'allée de la Pointe-des-Moines, pour continuer l'enquête de Mémé Rosa… Alors prends ton sac, et n'oublie surtout pas ton passeport.

— Tout est prêt, là, près de la porte. Laisse-moi une minute… Juste le temps de m'habiller, de me donner un coup de brosse et de prendre un peu d'argent…

— Alors une minute seulement, Nouria… On file à Roissy. Notre avion décolle à onze heures trente. J'ai réservé deux places sur le vol 1618 pour San Francisco.

8

Trois jours auparavant…

Rieko resta assis longtemps après le départ de Nouria. Cela lui avait coûté de dire à son amie qu'il lâchait tout et qu'il rentrerait bientôt à Tokyo. Il avait déjà prévu de partir, dans cinq jours, le temps de terminer pour maître Cléon les dossiers en cours. Non que cela lui tenait à cœur, mais il avait dans l'idée de demander au notaire, en guise de remerciement, de s'occuper de la liquidation de sa filiale parisienne. Il y aurait certainement de longues démarches à effectuer et Rieko tenait vraiment à mettre le plus de distance possible entre la cave de Rosa et lui.

Le Japonais repensa à cette dernière phrase énigmatique prononcée par Nouria lorsqu'elle avait pris congé de lui : « Le Japon est le deuxième partenaire économique de la Tunisie après la France. » Qu'est-ce que cela pouvait bien signifier ? Il n'en savait rien. C'était aussi nébuleux, en réalité, que les moments qui avaient suivi sa découverte de la cave. Il lui était impossible de s'en rappeler. Cet instant était comme suspendu dans sa mémoire. Plus qu'une sorte de voile foncé qui aurait couvert temporairement ses souvenirs, c'était plutôt un trou noir et béant, un vide gigantesque qu'il ne pourrait jamais combler.

Lorsqu'il se sentit assez serein pour entreprendre cette visite, il marcha jusqu'à la tour de maître Cléon, située près de la Bibliothèque nationale de France, et se présenta à l'accueil de l'étude. On le reçut avec les honneurs dus à son rang, c'est-à-dire en quasi-héros qui, depuis son arrivée en France, permettait au notaire de travailler moins tout en gagnant plus.

L'homme de loi n'était pas à son bureau, aussi Rieko attendit en refusant une tasse de thé qu'il savait infect. Quand maître Cléon fit son apparition, dodelinant comme à son habitude, il reçut le Japonais avec moult effusions, lui passant la main dans le dos, époussetant sa veste en lin. Ils prirent place de chaque côté du grand bureau de verre. La vue sur la Seine et les bâtiments de la Bibliothèque, ces quatre livres ouverts, était toujours aussi superbe, mais Rieko ne s'y appesantit pas.

Maître Cléon eut un mot à propos de la tragédie qui s'était déroulée dans l'immeuble. Il ne désigna pas la victime et termina par un :

— Pauvre Madame Rosa…

Puis il enchaîna aussitôt :

— Vous venez m'apporter quelques résultats ? demanda le notaire d'un air gourmand.

Mais Rieko le doucha une première fois en lui disant que non. Puis une seconde en déclamant la phrase suivante :

— Je repars dans mon pays natal dans trois jours, Maître. Je vais terminer les dossiers en cours puis je m'en irai.

L'homme en renversa son infusion au jasmin sur sa chemise et sa cravate. Il poussa un couinement de cochon parce qu'il s'était brûlé et s'épongea avec violence à l'aide d'un mouchoir en tissu.

— Comment ? Vous repartez déjà ? Vous nous abandonnez ?

— Oui. Mes affaires me rappellent à Tokyo.

— Vous reviendrez donc ensuite ?

— Je ne le pense pas.

Il sentit que ce n'était pas le moment de demander au notaire de jouer le rôle de liquidateur. Il y aurait un temps pour cela, ensuite. Il pourrait toujours l'appeler ou lui faire un message depuis le Japon.

Rieko mettrait un point final à ses affaires en France sans le moindre état d'âme car, en plus des éléments étrangers à son affaire, il s'était aperçu que la notion de *kaimyō* ne parlait absolument pas à ses employeurs en général, et à maître Cléon en particulier. Pour ces notaires, il n'était qu'un vulgaire enquêteur, une sorte de Sherlock Holmes des macchabées, et cela ne lui convenait absolument pas qu'on enlève à son travail toute la dimension spirituelle. Au fond, il n'y avait que Nouria qui eût conscience de cette notion de *kaimyō*. Pour une raison bien simple : elle avait le pouvoir d'entendre les âmes, et donc elle y croyait.

— Enfin, se défendit le notaire, c'est insensé ! Pourquoi nous quitter déjà ? Ne me dites pas qu'il s'agit là d'une question d'argent…

— Nullement.

— Alors ?

— Je vais terminer les dossiers que j'ai en cours avec vous, répondit Rieko. Ayez l'obligeance de dire à vos confrères que je n'en prendrai plus de nouveaux.

Maître Cléon marqua le coup et se recroquevilla dans son gros fauteuil en cuir. Le silence dura un certain temps, mais Rieko ne comptait pas le rompre.

Et puis, d'un coup, l'homme de loi releva la tête. On eût presque entendu craquer ses vertèbres tant le geste fut rapide.

— Vous me prendrez bien un dernier petit dossier, Rieko ?

C'était la première fois qu'il appelait le Japonais par son prénom. Était-ce pour cette raison que son interlocuteur ne dit ni oui ni non ?

Maître Cléon bondit et alla se poster près d'un grand meuble en fer contenant des classeurs, une sorte de trieur de grande taille qui le dépassait d'une tête. Le notaire sortit une petite clef dorée d'une poche frontale de son gilet de costume et déverrouilla le troisième étage. Il sortit un grand classeur noir et farfouilla durant de longs instants pour en extraire un dossier à la couverture bleu nuit et une paire de clefs.

— Tenez ! dit-il en les offrant à Rieko. Cela devrait vous plaire, c'est un peu particulier. La mort date un peu – quelques semaines en vérité –, mais c'est une histoire tout à fait inédite : le défunt, monsieur Baudu, habitait une petite maison à Montreuil, près de la station de métro Robespierre. Même s'il fuyait ses voisins comme le Covid, l'homme était connu dans le quartier car il possédait une dizaine de lapins, dans des clapiers au fond de son jardin. Parfois, il les laissait en liberté, et cela amusait les enfants de la rue puisque les bêtes n'avaient aucune conscience des limites de la propriété...

— C'est ce qui distingue les lapins des notaires, osa Rieko.

Cléon approuva mollement.

— Et puis, un jour, les lapins se sont mis à glapir à qui mieux mieux alors que, dans le même temps, les voisins n'ont plus croisé monsieur Baudu à la supérette du quartier. Bref, je vous passe les épisodes intermédiaires, les pompiers sont arrivés pour enfoncer la porte de la maison. Aucune trace de Baudu dans les pièces. Dans les pièces apparentes. En fait, le vieil homme était mort dans ce qu'on appelle une « panique room ».

— Une *panic room*, corrigea Rieko, en le prononçant avec un parfait accent anglais.

— Oui, c'est ce que je viens de dire... Une « panique room ». Il avait creusé sous sa cave pour aménager une pièce en cas d'attaque nucléaire, ou de zombies, ou bien des deux. Il était en train de recouvrir les murs de plaques en acier lorsqu'il s'est assommé avec sa massue. Traumatisme crânien avec œdème cérébral diffus. Les voisins se sont partagé les lapins, et nous attendons vos lumières pour que les héritiers se partagent la maison et les trois mille sept cent cinquante euros et quatre-vingt-trois centimes du compte postal de monsieur Baudu.

Maître Cléon sourit.

— Tous les détails figurent dans le dossier, comme d'habitude.

Rieko ne l'ouvrit même pas.

— J'accepte, dit-il tout simplement, à l'instinct. Et ce sera le dernier, Maître.

— Oui, oui, dit son interlocuteur en balayant cette remarque d'un geste de la main, comme s'il cherchait à faire tourner le vent. D'ailleurs, je me permets de vous demander de le traiter en priorité… Cela peut paraître étonnant car, chronologiquement, il est antérieur à ceux que vous possédez déjà, mais une bonne femme de Laval s'est manifestée hier… Une lointaine cousine qui souhaite récupérer au plus vite la maison.

— Donnez-lui déjà les clapiers, elle pourra toujours s'en faire un pied-à-terre parisien…

Le notaire se leva et vint taper dans le dos du Japonais.

— Vous avez changé, Rieko, depuis que vous vivez dans notre belle France. Votre froideur initiale a laissé place à une chaude ironie…

S'il savait, en effet, comment son expérience parisienne l'avait fait évoluer…

Le Japonais quitta l'étude avec le dossier sous le bras et le trousseau de clefs dans la poche.

En bas de l'immeuble, il héla un taxi sur l'avenue de France et, lorsque le chauffeur lui demanda l'adresse de sa destination, Rieko n'hésita pas :

— 9 rue Bara, à Montreuil.

Il allait se rendre sur place immédiatement, et puis il rentrerait dans le 13e, à son bureau, pour effectuer ensuite toutes les recherches nécessaires et taper les comptes rendus des affaires en cours. Il ne l'avait pas dit au notaire, mais, en réalité, il était proche du dénouement sur la quasi-totalité de ses dossiers. C'était précisément pour cette raison qu'il avait déjà réservé son billet retour pour l'aéroport d'Haneda.

Le chauffeur le déposa devant une toute petite maison à un étage, à la façade de briques. Les volets étaient vert pomme, le toit de tuiles orangées percé par deux vasistas dont l'un était resté ouvert. Sur la gauche, le long du mur mitoyen, Rieko discerna quelques clapiers vides, en effet.

Rieko déverrouilla la porte sans le moindre souci et entra. Il faisait sombre au rez-de-chaussée. La maison ne sentait plus la mort, mais toujours la tristesse et l'ennui. D'expérience, le Japonais savait que ces odeurs étaient les dernières à quitter les demeures de ses patients.

Rieko fit une première visite et ne nota rien de particulier. Dans la cuisine, une pleine étagère était constituée d'ouvrages jaunis et écornés consacrés à l'élevage des lapins.

Il monta au premier étage par un escalier en bois très étroit, dont les marches grinçaient terriblement, comme lorsqu'on frottait des planches de polystyrène l'une sur l'autre. Dans la seule et unique chambre, celle où le vasistas était resté ouvert, il trouva un secrétaire qui lui rappela étrangement un meuble du même acabit qu'il avait aperçu dernièrement.

Il n'ouvrit pas immédiatement les tiroirs et descendit à la cave où il découvrit la pathétique *panic room*, mal conçue, mal creusée, mal équipée. S'il ne s'était pas tué durant sa construction, Baudu serait mort étouffé en l'habitant.

Rieko remonta vers le secrétaire qui lui semblait être le point de départ idéal pour commencer ses investigations.

Peut-être y avait-il aussi d'autres cachettes… Pourquoi pas ? L'homme était paranoïaque. Il chercherait ensuite.

Ou pas.

Car, lorsqu'il ouvrit le premier tiroir du meuble, il en sortit une liasse de documents. L'élastique qui les reliait s'était pris quelque part dans le tiroir et, au lieu de le tirer, Rieko glissa ses longs doigts très fins pour le manœuvrer adroitement. Un compartiment secret se déverrouilla dès lors, au fond du tiroir, et Rieko en sortit deux objets : un passeport périmé et un pin's.

Il reçut un premier choc en s'apercevant que le pin's représentait le logo de la Torohito : un double T, l'un jaune et l'autre vert, entre lesquels remuaient des vagues.

Il en reçut un second, plus intense encore, lorsqu'il découvrit que le passeport – frappé de la photo de monsieur Baudu qui figurait dans le dossier fourni par le notaire – n'était pas à ce nom, mais au nom d'un certain Achille Mouret. Mouret… Le nom du voisin que Mémé Rosa avait abattu.

Rieko en tira une conclusion : maître Cléon ne l'avait pas envoyé dans cette maisonnette de Montreuil par hasard.

Puis, une autre conclusion, plus indirecte celle-là : le notaire l'avait pris pour un imbécile. Il le manipulait, ni plus ni moins. Depuis le début peut-être. Avec l'aide de Mémé Rosa.

Car il ne pouvait s'agir, là encore, de simples coïncidences.

Rieko sortit de la maison. Une colère froide avait entièrement envahi son esprit. Cela n'avait pas produit chez lui le même phénomène que la découverte de l'intérieur de la cave de Mémé Rosa – peut-être parce que Nouria ne se trouvait pas près de lui –, mais l'enchaînement des visites de ces lieux était rude.

S'il s'était écouté, à cet instant, Rieko aurait obliqué vers la droite, se serait emparé d'un gros bout de bois qui traînait sur le sol, devant les clapiers – une poutre appartenant à une des cages en vérité –, et s'en serait servi pour frapper fort, fort, fort, partout, et détruire tout ce qui pouvait être détruit dans ce maudit jardin de banlieue.

Mais Rieko ne s'écouta pas… Ou tout du moins se laissa-t-il envahir par la voix d'une certaine sagesse toute nippone. Malgré le tremblement vif qui agitait ses doigts, il parvint à commander un véhicule pour une course.

Vingt minutes plus tard, il ouvrait d'un violent coup de pied la porte du bureau de maître Cléon.

Le notaire, qui avait le nez plongé dans un de ses dossiers, le releva aussitôt en entendant le craquement de serrure arrachée.

Le Japonais était dans un état que Cléon n'aurait jamais pu imaginer, dans une telle colère qu'il eut l'impression qu'un coton-tige, dont l'extrémité aurait été enduite d'éosine, venait de débouler dans son bureau.

— Ah ! hurla l'homme de loi, pris de court.

Rieko ne se dirigea pas vers lui, mais vers le grand trieur métallique qui se situait à droite du bureau. Il voulut ouvrir le troisième tiroir. Il était fermé. Alors il s'acharna sur la poignée. Le meuble vibra, une fois, deux fois, puis ce fut au tour du bureau, de l'immeuble même…

Maître Cléon, abasourdi, le rejoignit et farfouilla dans son gilet pour en extraire la clef.

— C'est donc cela que vous cherchez ?

D'un revers de main adroit, Rieko envoya la clef valser à l'autre bout de la pièce. Il alla vers le bureau du notaire et s'empara d'une petite écritoire en marbre où Cléon conservait ses précieux stylos Montblanc.

Ce fut avec cet objet, en le cognant plusieurs fois violemment contre le tiroir du trieur, qu'il finit par l'ouvrir.

— Mais vous êtes devenu fou, ma parole ! balbutia le notaire.

Le vacarme avait ameuté trois clercs et deux secrétaires qui se tenaient dans l'embrasure de la porte, les yeux exorbités.

— Foutez-moi le camp ! éructa l'homme de loi. Laissez-nous et fermez la porte derrière vous.

Le public quitta la pièce mais ne put refermer la porte, la serrure étant irrémédiablement abîmée.

Rieko s'était emparé du classeur noir qui contenait le dossier bleu nuit de monsieur Baudu-Mouret. Il alla jusqu'au bureau de verre de Cléon et l'ouvrit.

Il trouva d'autres dossiers, un vert, un jaune, un gris avec, sur la couverture, des petits papiers autocollants jaunes où il reconnut l'écriture de Mémé Rosa.

En cas de décès

Si Nouria vient vous trouver

Dernière semaine de juillet

Si rien n'a abouti en septembre

Et puis un papier volant, sur lequel Rieko lut la mention suivante : *Si Rieko Tanizaki menace de repartir au Japon.*

— C'était bien celui qui figurait sur le dossier de Baudu, oui, admit maître Cléon en titubant jusqu'à son gros fauteuil et en s'y effondrant littéralement.

Rieko le couvait d'un regard d'un noir absolu, total. Le notaire farfouilla dans un de ses tiroirs et en sortit une flasque en argent. Il but une grande rasade, à même le goulot, avant de reprendre :

— Vous avez compris, oui... Tôt ou tard cela devait arriver, évidemment... Vous avez oublié d'être idiot, c'est un peu comme Nouria, la petite-fille de Madame Rosa... Je l'avais prévenue, Rosa... Mais que voulez-vous, c'est une forte femme... Moi je n'ai fait qu'exécuter ses consignes en vous recevant la première fois... Puis les autres fois jusqu'à aujourd'hui... Je vous confiais les dossiers... Pour vous mettre sur des pistes à ce qu'elle m'a dit... Elle n'est jamais rentrée dans les détails... Je ne peux rien vous apprendre de plus, croyez-moi, Rieko...

Debout dans le bureau du notaire, tandis que la Seine coulait en contrebas, insouciante des puissantes affres qui l'étreignaient à cet instant, Rieko prit conscience qu'il n'avait été ni plus ni moins qu'une marionnette depuis son arrivée à Paris. Une pauvre et pathétique marionnette dont Mémé Rosa agitait les fils, machiavéliquement, dans l'ombre de sa loge...

9

Rieko, crispé sur le volant de sa berline de location, a terminé la première partie de son récit en me précisant que l'écritoire en marbre n'avait pas été abîmée dans la manœuvre et qu'il l'avait reposée au même endroit, sur le bureau, délimité par une absence de poussière, avant de quitter à tout jamais Cléon.

J'avais tout écouté sans jamais l'interrompre. Parfois, lorsqu'un obstacle s'était présenté sur le périphérique, ou après sur l'autoroute qui nous conduisait vers Roissy, il s'était arrêté de parler pour le négocier au mieux. Une fois un véhicule de pompiers qui passa à toute vitesse, l'autre fois un taré qui avait freiné d'un coup sur la bande d'arrêt d'urgence. Pendant ces silences, je regardais autour de moi cette banlieue grise qui entoure Paris, ces hideux centres commerciaux, ces abominables entrepôts en tôle, ces friches industrielles qui étaient tellement moches que les graffeurs n'osaient même plus les décorer… Paris n'est un joyau, comme disent ceux qui n'y habitent pas, que comparativement à ce qui l'entoure.

On était à cinq kilomètres de l'aéroport lorsque Rieko s'est tu, plus précisément à hauteur d'Aulnay-sous-Bois. J'avais besoin de silence pour réfléchir. Ne croyez pas que j'étais pas, moi aussi, complètement soufflée et bouleversée par le récit de mon ami.

Mémé Rosa s'était bien jouée de Rieko, et aussi un peu de moi.

Et elle était même parvenue à continuer son petit manège dans le coma, avec la complicité de Cléon.

— Mais tu crois donc que Mémé Rosa t'a fait sciemment venir à Paris ?

Mon ami japonais a dégluti plusieurs fois avant de me répondre. Il m'a demandé si j'avais un peu d'eau. J'ai ouvert mon sac à dos et je lui en ai donné.

— Je souhaitais m'implanter en Europe depuis quelques années déjà. Je l'ai dit dans plusieurs interviews à des journaux japonais que ta grand-mère a sûrement fait traduire. J'avais ce tropisme français pour y avoir déjà séjourné dans mon enfance, même si je l'avais totalement refoulé, on ne va pas revenir là-dessus. Je pense que ce qu'a fait Mémé Rosa, c'est de prendre contact avec l'agence immobilière que j'avais appelée à Paris pour leur suggérer de me présenter le local commercial de l'immeuble, et, ainsi, faciliter notre rencontre…

— Pour t'avoir sous la main, quoi…

— Oui. Pour qu'on se rencontre, que tu m'aides à trouver la piste des trois yakusas. Et pour que je t'aide ensuite à les retrouver afin d'obtenir la vérité sur Tunis. Tout était préparé, calculé…

Il m'est revenu une citation de Spinoza à cet instant que j'avais lue quelque part, un jour. « L'idée du hasard vient du fait que notre connaissance est imparfaite. » Je ne croyais pas, jusqu'alors, que Mémé Rosa connaissait ce philosophe néerlandais prénommé Baruch. Maintenant, j'ai des doutes. Surtout qu'elle avait donné ce nom au chat de Zabeth lorsqu'elle l'avait recueilli.

— Mais après, ai-je poursuivi auprès de Rieko, tu penses que toutes tes affaires avec Cléon étaient diligentées par Mémé ?

Rieko fit non de la tête.

— Pas toutes, évidemment. Mais celle de la villa rue Georges-Braque, oui. Ce n'était pas un hasard si je suis tombé sur cette photo de moi. Ta grand-mère était à la manœuvre… Et si elle n'y est pour rien dans la mort de la gardienne de la villa, peut-être est-ce même elle qui a enterré le coffre où se trouvait le cliché dans le jardin…

J'aurais eu du mal à imaginer Mémé Rosa, armée d'une pelle, venant jouer les personnages dickensiens dans un sombre jardin en plein milieu de la nuit pour creuser un trou et y enfouir un coffret de bois. Mais bon… Si j'avais appris quelque chose de la vie ces dernières semaines, c'est bien qu'elle était toujours emplie de surprises. Plus ou moins agréables, certes.

— Baudu était Mouret. Mouret était Baudu. Cléon s'est bien fichu de moi. La maison de Montreuil appartenait au détective, il n'y a jamais eu de cadavre à l'intérieur. Rosa savait tout ça et a cherché, par l'intermédiaire de Cléon, à me relancer. Elle devait avoir laissé des consignes au notaire dans le genre « Si le Japonais vient à douter et veut retourner à Tokyo, trouvez un prétexte pour l'envoyer visiter le pavillon de Montreuil... »

J'ai laissé passer un peu de temps et, lorsque j'ai aperçu sur un panneau de signalisation, un petit dessin d'avion, j'ai complété :

— Et elle y est parvenue, même indirectement. Car quand tu as appris tout ça, quand tu as découvert le classeur noir, ça t'a donné envie d'annuler ton billet retour plutôt que de l'avancer...

— Oui, répondit simplement Rieko.

Je ne lui ai pas demandé pourquoi pour la simple et bonne raison qu'il ne devait pas encore être en mesure de répondre à cette question.

Rieko me demanda à nouveau de l'eau. Puis il mit son clignotant pour se rabattre sur la bretelle de gauche. On allait bientôt entrer dans l'aéroport. Dans un peu plus d'un tour de cadran de la petite aiguille, on serait de l'autre côté du globe, près de l'océan Pacifique.

— Et tu as fait quoi, après ? Lorsque tu es sorti du bureau de Cléon ? Tu as pris le dossier avec toi ?

— Non, je le lui ai laissé. Je suis rentré au bureau. J'ai vu la lumière de la loge allumée, j'ai hésité à venir te voir. Mais j'ai préféré ne rien changer à mon emploi du temps prévu. J'ai juste annulé mon billet d'avion. Pas repoussé, note-le bien, Nouria, mais annulé. Et puis j'ai rédigé quelques comptes rendus, j'ai pris une douche et je me suis couché.

— Et le lendemain, tu as terminé tes visites pour clore tes dossiers en cours, déposé le tout à l'accueil de l'étude de Cléon pour ne pas avoir à le rencontrer, puis tu es rentré au bureau, et tu as attendu sagement la nuit pour venir fracturer la porte de la loge et visiter enfin la cave de fond en comble…

Rieko est parvenu à sourire.

— C'est un peu ça, oui… Mais j'ai rencontré quelqu'un à la mi-journée… J'ai sollicité une visite, qui m'a été accordée…

Vous n'imaginez même pas l'état des frisures de mes sourcils lorsque je les ai haussés à cet instant. Ils ont pris cher, les pauvres…

— À Boulouris ? C'est quand tu es allé voir Washizu sur la côte ?

— Non, Nouria. Je m'y suis rendu le lendemain. C'est toi qui as rencontré Washizu ce jour-là. Je ne possédais pas son adresse puisque je l'ai lue sur les documents de Rosa.

On partait de l'aérogare 2. C'est donc tout simplement que Rieko suivit les nombreuses indications qui nous y conduisaient, non pas tout droit, mais plutôt tout en virages et en glissières.

— Mais alors, j'ai insisté, tu as vu qui ?

Mon ami japonais a détourné le regard de la route un court instant pour interroger mes yeux.

— Tu ne devines vraiment pas, Nouria ?

10

Deux jours auparavant…

Lorsque Rieko gara sa voiture dans le parking des visiteurs, sur la place la plus éloignée de la sortie qu'il soit en mesure de trouver, il était midi et demi tout juste.

De gros nuages noirs flottaient dans le ciel au-dessus du centre pénitentiaire de Melun, mais il ne pleuvait pas. L'air était lourd. L'orage couvait.

Avant de quitter sa berline, le Japonais rangea le contrat de sa voiture de location dans la boîte à gants. Il l'avait laissé négligemment sur le siège passager, trop occupé à suivre les indications du GPS du véhicule qui l'avait donc mené dans cette ville, à une quarantaine de kilomètres au sud de Paris, où de hauts immeubles à la forte densité côtoyaient d'immenses et vertes forêts.

La prison en elle-même était située à l'extrémité est de l'île Saint-Étienne, sur la Seine, en plein centre de la ville. La vie monotone des détenues était rythmée par les cloches de la collégiale Notre-Dame, qui sonnaient toutes les heures à deux pas des portes du centre.

Dès son lever, Rieko s'était mis en tête de rendre visite à Inaya, la maman de Nouria. Mais comment faire ? Non pour y aller. En train ou en voiture, il savait conduire, y compris à droite, à l'inverse du Japon. Non… Comment accéder au parloir et s'entretenir avec Inaya ? Comment être certain qu'elle accepte cette audience ?

Pas question d'en parler à Nouria. Rieko savait que la fille n'avait pas rendu visite à sa mère depuis son transfert de Tunis. Rieko se tourna les méninges et se dit que le plus simple était de contacter l'avocate d'Inaya. Il trouva son nom en farfouillant sur Internet, dans le seul et unique article de presse qu'il trouva à propos de cette affaire. C'était dans *Le Parisien*, et cela datait de huit ans.

Rieko appela le cabinet de maître Laborit - même s'il commençait à se méfier de ce titre - et tomba directement sur la jeune avocate, très affable et compréhensive. Elle lui expliqua que Nouria l'avait appelée pour accéder elle aussi au parloir. Elle expliqua au Japonais qu'il n'en était pas question. Qu'un pacte avait été scellé entre l'avocate et ses deux clientes, et qu'elle ne comptait pas revenir dessus, même en ces tragiques circonstances.

Le Japonais dit qu'il comprenait et demanda à son interlocutrice s'il pouvait, lui, échanger quelques mots avec Inaya. Jusqu'à preuve du contraire, il ne faisait pas partie du pacte, si ?

— Je vais la joindre et lui poser la question, conclut l'avocate. Je vous rappelle ensuite.

Ce qu'elle fit vingt minutes plus tard.

Inaya l'attendait au centre pénitentiaire de Melun, à midi quarante-cinq. L'avocate s'était même chargée de la réservation auprès des surveillants, puisqu'on ne pouvait venir librement que les fins de semaine. La mère de Nouria avait accepté l'entrevue car Rosa l'avait prévenue de cette éventualité. Rieko remercia vivement maître Laborit et se risqua à une dernière parole, qu'il formula pour donner suite à son ressenti :

— J'ai l'impression que vous me parlez comme si vous me connaissiez déjà…

Alors maître Laborit finit par avouer :

— Rosa nous parlait souvent de vous, de la perte de vos parents, de l'écrivain qui en avait fait un roman… Je l'ai lu d'ailleurs… Très entraînant si on excepte le style d'une platitude absolue… Elle vous présentait comme le double de Nouria, le jumeau de l'autre côté du globe… Victime des mêmes hommes… Ceux que nous essayons depuis tant de temps, en vain, de retrouver pour les confronter à leurs agissements…

Rieko se présenta à l'accueil des visiteurs et on vérifia la présence de son nom sur le registre. Une gardienne, vêtue d'un polo bleu foncé marqué sur toute la largeur d'une bande bleu ciel rappelant sa fonction, lui demanda avec le sourire quel était son lien avec la détenue à qui il rendait visite.

— Je suis un ami, dit-il, tout simplement.

Ce qui n'était pas la vérité.

Un autre surveillant, celui-ci moins amène, accompagna Rieko jusqu'au parloir. Ils traversèrent une petite cour dénuée du moindre signe végétal pour entrer dans un bâtiment, situé à droite de la prison en elle-même. Durant cette triste balade, le surveillant répondit à plusieurs appels dans son talkie-walkie. Les deux hommes n'échangèrent pas un mot entre eux.

Au moment de franchir la porte en fer marquée d'une plaque annonçant *Parloir*, Rieko marqua un temps d'arrêt.

— Vous venez, oui ? grinça le surveillant, plus encore que l'huis.

Le Japonais entra et vit alors Inaya. C'était Nouria avec vingt années de plus, les mêmes yeux vifs, les mêmes cheveux châtains bouclés qui lui descendaient jusqu'aux épaules. Elle était vêtue d'un tee-shirt blanc, très simple, et portait un tatouage représentant un bougainvillier, au-dessus de son coude droit.

Rieko en fut très troublé. Il s'assit face à elle et avança sa main à plat devant lui pour trouver où s'arrêtait le vide et où commençait la vitre qui les séparait.

Ils étaient les deux seuls dans la salle du parloir.

— Bonjour, commença Rieko. Merci d'avoir accepté de me recevoir, Inaya.

La détenue le salua à son tour.

— Vous avez des nouvelles de ma mère ?

Rieko secoua la tête négativement.

— Pas depuis quarante-huit heures. Son état était stationnaire. Les médecins font tout leur possible. Elle se trouve dans un excellent établissement.

— Et Nouria ? Comment va-t-elle ?

— Elle est choquée, bien entendu. Mais très courageuse, surtout, volontaire. Cela, vous le savez.

— Je sais surtout qu'elle peut compter sur vous.

Rieko baissa les yeux, et Inaya l'imita aussitôt. Puis ils les relevèrent ensemble. Elle resta fixée un long instant sur la tête de Rieko.

— Ainsi, vous voilà, dit-elle simplement. Maman m'a tant parlé de vous.

— Je l'ignorais. Je crois bien que Rosa ne faisait circuler les informations que dans un sens…

— Il ne faut pas lui en vouloir… répondit Inaya. Elle souhaite prouver mon innocence avec encore plus d'ardeur que moi. Mais est-ce pour cette raison que vous êtes venu, Rieko ? Pour me dire que vous allez aider Rosa, aider Nouria, m'aider à prouver que je n'ai pas assassiné Bilal ?

— Je ne sais pas encore, bredouilla Rieko.

Inaya le prit pour un assentiment.

— Je suis venu, reprit Rieko, pour entendre de votre bouche le récit du drame, sur cette route, dans la banlieue de Tunis. Votre mère a rassemblé une masse énorme de documents et a même dressé une maquette étonnante d'exactitude dans sa cave, mais il nous manque toujours le récit de ce qui s'est réellement passé…

Il se corrigea aussitôt, pour ne pas paraître trop faible :

— Ce qui s'est réellement passé selon vous.

— Maman gardait un témoignage vidéo que j'avais livré à mon avocate, à Tunis.

— Peut-être, oui, répondit Rieko. Je ne l'ai pas trouvé dans la cave. Et puis il doit être en arabe.

Inaya approuva.

— Que voulez-vous savoir ?

— Ce qui s'est précisément passé sur cette route, cette nuit-là.

La détenue prit une grande bouffée d'air et coupa aussitôt après sa respiration. Elle se trouva là, en apnée, devant le regard médusé de Rieko, qui nota que les iris de ses yeux s'étaient éclaircis, comme s'ils étaient éclairés dès à présent par le vif soleil de la Tunisie.

Puis elle se décida à parler. Rieko prit le parti de ne pas l'interrompre et de ne poser des questions qu'avec ses yeux, sans émettre la moindre parole. Les ouvrir en plus grand, c'était demander des précisions. Les étrécir, c'était abréger ce chemin. Il supposait qu'Inaya, mère de Nouria, serait assez intelligente et sensible pour saisir ces nuances.

— J'accepte une partie de ma peine et de mon incarcération car Bilal et moi méritions d'être punis pour notre comportement de l'époque. Nous avions quitté la France après la naissance de Nouria à la suite du hold-up raté d'une agence de la Société générale, à Clermont-Ferrand. On était recherchés par la police, on a pris le bateau à Marseille juste à temps, et puis on est arrivés à La Goulette, le port de Tunis, pour ensuite loger çà et là, dans nos familles respectives. L'argent manquait, Nouria grandissait, on s'est dit avec Bilal qu'on devait faire quelque chose pour ne pas continuer à vivre comme ça, comme des fuyards, des évadés... Le plus simple aurait été de prendre un boulot, comme tout le monde, mais on avait peur qu'en ayant nos noms inscrits sur des registres officiels, la police tunisienne renseigne la police française... Un cousin de Bilal, qui vivait à Sfax, pouvait nous avoir des faux papiers. Mais il fallait des centaines de dinars pour nous les payer. Alors on a replongé... C'était trop facile, trop tentant, et ce qui m'avait fait hésiter, ce n'était même pas la crainte d'échouer ce nouveau casse, mais plutôt la présence de Nouria... Elle commençait déjà à parler, à se rendre compte de l'environnement qui l'entourait... Bilal avait repéré une concession automobile Isuzu qui acceptait le paiement des véhicules en liquide. C'est une marque très commune en Tunisie parce que les Japonais ont beaucoup investi là-bas, pour s'en faire comme une porte d'entrée en Afrique. Il me semble que le Japon est le second partenaire économique de la Tunisie après la France... Ce n'était pas autorisé, ces gros paiements en liquide, et Bilal pensait qu'il s'agissait là d'un repaire de mafieux, une couverture qui servait à de sales types pour blanchir de l'argent sale provenant de la drogue, et d'autres trafics... Lui pensait que ce serait un jeu d'enfant de braquer la concession et que les types ne chercheraient pas à en faire des tonnes, ni même à porter plainte, pour ne pas éveiller l'attention des autorités sur leurs trafics... Moi, j'étais plus mesurée : si les patrons étaient des mafieux, ils n'allaient pas porter plainte, non, mais ils seraient capables, par goût de l'honneur et de la vengeance, de nous traquer jusqu'au bout du monde jusqu'à nous crever. J'ai cédé à Bilal et nous avons braqué la concession à sa fermeture, vers onze heures, c'était un jeudi soir. Nous avions laissé Nouria chez une cousine. Je vous passe les détails du braquage car ça n'a pas d'intérêt... Nous n'avons pas fait couler la moindre goutte de sang et avons raflé plus de cent mille dinars, environ vingt-cinq mille euros, une somme énorme pour nous. On est repassés chez ma cousine pour prendre Nouria avec l'intention de rouler en direction de Tabarka pour passer ensuite la frontière algérienne et nous faire oublier un peu… Mon cousin, devant notre agitation, a su que quelque chose venait de se produire, quelque chose de laid, et Bilal, ivre de puissance, tout à sa joie du braquage réussi, s'est vanté d'avoir attaqué la concession. Mon cousin s'est aussitôt mis à prier, puis il nous a mis dehors en répétant : « Cette boîte appartient à la Torohito… Cette boîte appartient à la Torohito… » Nous ne savions pas encore ce que ça signifiait vraiment… Nous sommes partis. Je conduisais. Bilal était à l'avant et Nouria, tout sourire, dans son siège à l'arrière… Bilal tenait le sac rempli de billets entre ses jambes… Nous venions de voler l'argent de la Torohito sans savoir ce qui nous attendait alors… Est-ce que vos parents, Rieko, s'attendaient à de telles représailles ? À une telle violence ?

Puisque Rieko ne comptait pas répondre, Inaya continua :

— En fait, nous avions été suivis depuis la concession automobile. Nous avions commis les erreurs des débutants que nous étions alors et que nous serons toujours. Nous roulions sur la nationale 7, vers l'ouest. Il était tard, plus de minuit, et la route était déserte. Un kilomètre avant Essaïda, après la mosquée Béjaoua, la nationale traverse une grande plaine déserte. Je me souviens : il y avait juste un arbuste en bordure de la route, un bougainvillier qui ne voulait pas fleurir, puis, plus loin, un immeuble en construction aux briques orangées… C'est d'après mes souvenirs que ma mère a réalisé la maquette… Je chantais une berceuse pour Nouria, qui n'arrivait pas à s'endormir car elle devait sentir notre excitation, notre stress, l'adrénaline du hold-up qui fuyait peu à peu dans nos veines… Et j'ai vu une paire de phares apparaître dans le rétroviseur. Le vrombissement d'un moteur… Je…

Inaya s'arrêta, inspira une grande bouffée d'air et reprit :

— J'ai tenté d'accélérer car je savais que cette voiture venait pour nous faire du mal. Bilal me demandait de m'arrêter, il disait à Nouria de se calmer car elle s'était mise à pleurer puisque je ne chantais plus. J'ai fini par écouter Bilal et je me suis garée sur le bas-côté. Il avait ramassé sous son siège nos deux revolvers chargés. La voiture nous a dépassés et s'est arrêtée en même temps que nous, au milieu de la chaussée… Je… J'ai serré le frein à main et je me suis emparée de Nouria, à l'arrière, puis je suis sortie de la voiture en courant, en la portant contre mes seins. J'ai entendu un coup de feu derrière moi, puis un autre… J'ai déposé Nouria au pied de l'arbuste, à plat ventre, et je lui ai dit de… de… de ne pas bouger. Je suis revenue vers la voiture. On trouverait bien un arrangement en rendant l'argent, un moyen de nous expliquer et de partir sains et saufs. Trois hommes faisaient face à Bilal, deux Tunisiens et un Japonais qui se tenait en retrait et dont je ne discernais pas le visage. J'ai su qu'il était japonais car il parlait arabe avec un fort accent. Bilal était blessé. Il se tenait l'épaule. Il saignait beaucoup déjà. Il m'a demandé de ne rien faire, de retourner dans la voiture. Les deux Tunisiens braquaient leurs armes de poing sur nous. Je suis allée chercher le sac et je l'ai lancé en direction de nos agresseurs. Le Japonais a dit : « Ce n'est pas suffisant… » Après, un des deux Arabes est venu vers moi et m'a enserré le cou. J'ai cherché à me débattre mais il était fort… Très fort… Nouria était là, tout à côté… Et elle a certainement entendu les bruits… Vous aviez entendu, vous, pour vos parents, Rieko ? Rieko ?

Inaya n'insista pas.

— J'ai entendu un nouveau coup de feu, puis j'ai perdu connaissance. Lorsque je me suis réveillée, j'étais dans un hôpital de Tunis, encadrée par deux policiers. Bilal avait été abattu d'une balle dans la tempe avec le revolver que je tenais à la main lorsque les flics m'ont retrouvée, inerte, près de la voiture, au tout début du jour. Nouria pleurait dans son petit arbuste. Elle était déshydratée. Le sac contenant l'argent avait disparu. Les flics ont conclu qu'un rôdeur était passé par là. Il n'y avait aucune autre trace que les nôtres. Ce ne pouvait être que moi qui avais assassiné Bilal, après une dispute. Il aurait fallu qu'un autre véhicule passe cette nuit-là lors de l'agression… Ou que la voiture des trois mafieux réalise une queue de poisson au lieu de s'arrêter sur la chaussée… Il y aurait eu des traces de pneus, quelque chose…

Rieko ouvrit alors la bouche :

— Il y a un élément d'importance, dit-il. La balle qui a atteint Bilal à l'épaule… Elle ne provenait pas de votre arme…

— Si. J'étais partie sans prendre d'arme pour porter Nouria loin de la scène. Bilal possédait les deux revolvers. Il a dû tirer une première balle. Le second coup de feu qui lui a déchiqueté l'épaule, c'était en représailles …

— Il y a donc possiblement une balle dans la nature, insista Rieko. Et des douilles !

— La balle, certainement. Mais la police n'a rien fait pour la rechercher. Et douze ans après, ce serait folie… Quant aux douilles, je pense que les trois mafieux, habitués à ce genre d'épisodes, n'ont pas oublié de les ramasser…

Rieko soupira.

— Non, reprit Inaya, ce qui nous a manqué, c'était un témoin. Nouria n'avait rien vu… Et même pas de papillons, Rieko…

Le Japonais ferma les yeux. Il avait à présent l'impression que son âme était mise à nue devant toutes ces femmes que Rosa avait placées dans la confidence. Dans ses confidences. Il y avait un côté terrifiant à cela. En même temps, cela le rassurait un peu d'être compris, de pouvoir alléger sa peine en la partageant un peu.

— Il n'y avait pas plus de témoin à Tunis qu'à Kobé, Inaya, dit le Japonais.

— Pas de témoin à ma connaissance, non, répondit la mère de Nouria.

— La nuance est là.

— Ma mère pensait toujours découvrir un élément d'importance en observant la scène… Elle est même allée jusqu'à faire récolter les objets qui s'y trouvaient quelques jours plus tard, par des cousins… Ce sont les objets rassemblés dans la cave, sur les étagères derrière la maquette… Peut-être qu'en les examinant de près…

Rieko ne dit rien.

— Je crois qu'il faut tenter de trouver la vérité auprès des dirigeants de la Torohito et du Japonais qui était ce soir-là sur la route. L'homme est vieux à présent, il pourrait s'amender.

— Je suis moins optimiste que vous.

— Et que nous reste-t-il d'autre ? Dans combien de temps devez-vous terminer votre peine, Inaya ?

— Il me reste huit ans à effectuer. Mais ce n'est pas qu'une question de durée…

— C'est une question d'honneur, je le sais bien… Il faudra du courage, du temps et de l'abnégation.

Le Japonais se leva et le surveillant, qui jetait parfois des regards à travers le vantail, ouvrit la porte du parloir et entra alors.

— Qu'allez-vous faire, à présent, Rieko ? demanda Inaya en se levant à son tour.

— Vérifier deux ou trois éléments à propos de votre récit, en explorant une certaine cave. Puis terminer les travaux en cours pour mon entreprise afin d'être à jour.

— Et puis ?

Rieko s'arrêta et se tourna vers Inaya. Elle était belle, Inaya. Resplendissante de pureté et d'espoir, ce qui ne devait pas être donné à toutes les résidentes d'un lieu tel que celui-là.

La porte du parloir était encore ouverte. Il dit :

— Rejoindre votre fille, bien sûr.

11

Ça y est, Rieko avait garé la voiture au troisième sous-sol du parking de l'aérogare 2, et terminé, dans le même temps, le récit de sa visite au centre pénitentiaire de Melun.

Évidemment. On avait eu la même idée. Mais lui avait réussi à faire le mur et à voir ma mère. Ensuite, il a filé à Boulouris pour rencontrer l'obèse qui n'est plus de ce monde. Je ne peux pas ajouter « Paix à son âme », parce que moi, contrairement à mon gentil Rieko, je pense toujours qu'il n'en a pas.

Ça m'a fait un coup de savoir que mon ami avait rencontré ma maman. J'avais appris, dans l'habitacle de cette voiture ordinaire, alors qu'on serpentait entre les bâtiments d'un aéroport, les détails d'un événement absolument fondateur de mon existence et que personne, jusque-là, n'avait daigné me raconter.

Durant cette heure de trajet, j'avais parfaitement saisi ce qui avait fait rebasculer Rieko de mon côté. Cela m'avait coûté parfois, heurtée, blessée, réjouie aussi. Mais c'était nécessaire.

Aussi, Rieko ne s'est pas étonné lorsque je me suis mise à respirer très fort et très vite dans l'ascenseur qui nous emmenait du parking au hall des départs.

— Ça va, Nouria ?

— Une petite crise d'angoisse. Rien de grave.

Il a murmuré « Enfin » en japonais puis « Elle est humaine » dans sa langue maternelle. En fait, je ne sais pas ce qu'il a pu dire en japonais, mais c'est tout du moins ce que j'aurais souhaité entendre.

Mais je me suis mise à rire. On a ri ensemble. On s'est fait du bien. Et j'en avais besoin car, pendant le récit de Rieko, j'avais eu l'impression de me retrouver face à ma mère. Enfin.

Et vivement.

J'ai juste demandé à Rieko s'il l'avait questionnée sur la raison du pacte m'interdisant de la voir, de lui parler.

— Non, m'a-t-il tout simplement répondu.

— Et tu ne lui as pas demandé des précisions ?

— Non, mais ça transpire dans son récit, elle voulait t'épargner. Elle laissait à Rosa la recherche de la vérité. Elle devait se douter que, si tu entrais dans sa vie, tu entrerais dans l'affaire, et que tu ne la quitterais plus.

Oui. Il avait raison, mon Rieko.

On a intégré une file d'attente pour nous enregistrer à bord du vol 1618 pour San Francisco. Un steward est venu nous voir pour nous indiquer que si on voyageait aussi léger, avec seulement mon sac à dos et la valisette-cabine de Rieko, on pouvait s'enregistrer en ligne ou sur une borne et passer directement en salle d'embarquement. Vous pensez bien qu'on n'a pas hésité un seul instant.

Rieko avait pris des places en cabine business pour qu'on puisse dormir un peu durant les douze heures de vol. À la réservation, il m'avait laissé le fauteuil côté hublot et avait pris celui côté couloir. On a passé la douane sans le moindre souci. Il y a eu cet épisode au sujet de l'attestation de sortie du territoire pour les enfants mineurs lorsqu'ils ne sont pas accompagnés par un de leurs deux parents, mais Rieko – à qui on ne la fait pas – a exhibé un joli certificat officiel, sur lequel il avait inclus, grâce à un logiciel de capture d'image, la signature de Mémé Rosa.

San Francisco n'attendait plus que nous...

Enfin, en réalité, on ne partait pas en vacances ni en week-end. Et plus que la ville du Golden Gate Bridge, c'était plutôt Takeda Shingen qui pouvait sagement (ou pas) nous attendre.

Assis dans la salle d'embarquement, sous les voûtes rouges du terminal soutenues par des poutres en acier blanc, on a échangé à ce sujet en attendant l'appel de l'hôtesse nous invitant à emprunter la passerelle et à prendre place dans le Boeing 777-300.

— Tu attends quoi, toi, de ton rendez-vous avec Shingen ? ai-je demandé.

— Rien d'autre que la vérité. Une explication. En espérant qu'il ne soit pas mort.

— Ni obèse.

— S'il est encore en mesure de parler, il peut peser cinq ou six cents kilos, ça ne me dérange en rien. Il faudra le pousser dans ses retranchements. Tenter d'en obtenir quelque chose. Nous serons plus forts ensemble.

Il avait raison, Rieko.

— Mais il va nous expliquer quoi ? Moi, je crois dur comme fer au récit de maman et je sais qu'elle dit vrai du début à la fin… Ce sont eux qui ont assassiné papa. Point à la ligne.

J'avais l'impression diffuse, depuis mon entretien avec Washizu justement, qu'aucun des trois n'allait parler et qu'on n'obtiendrait rien d'eux en vérité. Pas un aveu, ni même un témoignage. Si Shingen acceptait de nous recevoir, je ne l'imaginais pas en train de nous confier un élément qui l'incriminerait lui et disculperait ma mère… En réalité, Rieko et moi, on voulait aller les voir juste pour leur rappeler le passé, et les faire souffrir si possible. Nous étions bien des Dantès en puissance.

— Oui, conclut Rieko en se levant, puisque l'hôtesse venait de convier les passagers prioritaires à embarquer.

Parce que moi, je pensais comme Rieko qu'il y avait aussi beaucoup à creuser à propos du lieu du crime, de la maquette, des objets. Peut-être que quelque chose avait échappé à Mémé Rosa. Un élément d'importance, primordial, qui pourrait réorienter l'enquête.

Bref, même si on revenait bredouille de Californie, le contenu de la cave, allié au témoignage de ma mère, pouvait ouvrir un autre champ des possibles.

Il régnait une douce torpeur dans la cabine de l'appareil. Je me suis installée dans mon gros fauteuil et Rieko dans celui d'à côté. Je n'avais pas souvent pris l'avion et surtout pas pour un vol aussi lointain. Un steward est venu me servir un jus d'orange. Rieko a refusé une coupe de champagne pour se contenter d'une vodka avec du jus de tomate. Il n'y avait rien à fêter.

Rien à fêter encore.

Une demi-heure plus tard, après les annonces d'usage, l'avion décollait enfin. Je crois bien avoir pris la main de Rieko dans la mienne au moment où les pneus de l'appareil ont quitté le bon plancher des bœufs.

Rieko était perdu dans ses pensées, et moi dans les miennes.

Je ne sais pas lesquels des moteurs produisaient le plus de décibels ?

Les deux turboréacteurs du Boeing ?

Ou bien les neurones et les synapses de nos deux esprits réunis ?

12

Dès qu'on a débarqué à l'aéroport international, mon ami japonais a tout de suite précisé que rien ne serait trop beau pour nous dans notre quête. On s'est rendus à un comptoir de location de voitures et Rieko a loué une berline hybride en tendant au commercial une carte en platine.

Pour la première fois depuis que nous nous étions rencontrés, il a évoqué sa situation financière, avouant qu'il était milliardaire en yens. Ça m'a fait un choc parce que j'avais du mal à imaginer Rieko dans la peau d'un *tycoon*, un de ces hommes dont on voit, tous les ans, le nom dans les classements des grandes fortunes. C'était pourtant le cas et ça donnait à voir le personnage sous un jour encore plus étrange : les bureaux vétustes de l'immeuble, le futon et la petite douche, toutes ces économies de moyens… Et pas par radinerie, hein, non, pas du tout… C'était sa façon d'être, à Rieko… Il était spartiate et n'avait aucune envie de basculer chez les Athéniens. Ce sont des caractères.

戒名

Mais ici, il ne s'agissait pas de mégoter pour retrouver Shingen, et surtout parvenir à l'atteindre.

Alors que je m'attendais à prendre une sorte de métro ou de bus pour rejoindre le centre-ville, on a couvert les vingt miles qui séparent l'aéroport de notre hôtel à bord d'une voiture où la climatisation faisait bien plus de bruit que le moteur lui-même.

L'aéroport de San Francisco s'étale au sud de la ville, au bord de la baie.

Le centre-ville, lui, est situé sur une pointe. À l'est la baie, à l'ouest le Pacifique. San Francisco. Bon, autant vous avouer que le chemin sur le Bayshore Freeway à huit voies n'est pas franchement la plus belle route touristique de la Terre… Mais une fois débarqués dans la ville, là, on prend toute la mesure de la légende. C'est incroyable ce que les États-Uniens (comptez pas sur moi non plus pour vous parler des Américains parce que, jusqu'à preuve du contraire, les États-Unis, c'est pas l'Amérique, c'est une toute petite partie de l'Amérique) sont parvenus à faire en un peu plus d'un siècle, grâce à deux inventions récentes, j'ai nommé le cinéma et Internet : transformer leur pays en terre de légende. Tu débarques à San Francisco, tu voies ta première bagnole de flics, et ça y est, tu as l'impression d'être transbahuté dans un écran plat, une toile ou des pixels, peu importe, mais ça te fait quelque chose, surtout quand tu viens de la vieille Europe où ça fleure bon la naphtaline.

Et puis, à San Francisco, l'océan baigne la ville tout entière. Il y a le Financial District, entouré du quartier chinois et des quais. Tout se mélange à peu près. À l'ouest, la nature est vive, elle s'impose avec trois parcs grands et magnifiques. D'ailleurs, Rieko, après avoir insulté une ribambelle d'automobilistes à un croisement entre Nob Hill et Pacific Heights, l'a avoué :

— C'est une ville qui se visite à pied ou à vélo.

Bon, nous, on n'avait pas vraiment le temps, et c'est pour ça qu'on a vite jeté nos sacs dans nos chambres de l'Argonaut Hotel que Rieko avait réservées, près du Fisherman's Wharf (chambres 46 et 48, si vous voulez en savoir plus sur la vue depuis nos piaules ou leur équipement, appelez la réception), et qu'on a filé vers le quartier chinois, cette fois à pied, pour ne pas abuser de la climatisation et des ressources plus globales de notre planète.

San Francisco, c'est vallonné. Des petites plaines urbaines entre deux collines, une sorte de Rome des temps modernes.

Le ciel était dégagé, la température était acceptable, et un délicieux vent marin, légèrement humide, faisait que je n'avais jamais respiré un air citadin avec tant d'entrain.

Tout autour de nous, ça grouillait, ça riait. On a donc marché en direction des gratte-ciels durant une vingtaine de minutes et longé plusieurs squares ou petits parcs, dont le Washington qui n'avait rien de capital. Heureusement qu'on avait dormi dans l'avion car, là, heure de Paris, il était une heure du matin, et pourtant je me sentais fraîche comme c'est pas croyable.

On devait poursuivre notre enquête. Certes, nous possédions l'adresse de Shingen, sur Telegraph Hill, tout près de la Coit Tower, un quartier chic qui permet à la fois de surplomber la ville et l'eau. 229 Greenwich Street.

Mais nous, avec Rieko, on se voyait mal nous y rendre direct et sonner à la porte pour demander une audience. On avait déjà tenté le coup à Boulouris – autre joli port de pêche, quoique plus modeste – et nous n'avions pas, l'un comme l'autre, remporté un franc succès.

Alors mon ami japonais a jugé plus sûr qu'on se rencarde un peu avant sur le personnage. Il avait donné rendez-vous à une de ses connaissances dans un petit restaurant du quartier asiatique.

— Iwako a longtemps travaillé avec moi à Tokyo dans mon entreprise… Elle gérait les réseaux sociaux… Elle est partie s'installer en Californie il y a deux ans…

Je pouvais la comprendre. Gérer les réseaux sociaux d'une entreprise dont le but était de redorer l'existence de cadavres (je sais, je caricature un peu), ça devait lasser, à la longue.

C'était plus un café qu'un restaurant, une petite salle quelconque, sur Clay Street. Les inscriptions sur la façade étaient en japonais, même pas traduites. Iwako était assise dans le fond de la salle, devant une tasse de thé qui fumait. Il faisait sombre.

Rieko s'est incliné devant elle, elle devant lui, et moi je me suis laissée aller à leurs salamalecs asiatiques, donc silencieuses. Iwako était une grande femme qui dépassait mon ami d'une bonne tête. Elle avait de grands yeux fins très noirs et sa peau était si blanche qu'elle phosphorait presque dès que l'unique rayon de soleil qui se risquait dans le café lui frappait une partie du visage. Je ne sais pas comment Rieko m'a présentée, mais j'opte pour la manière « stagiaire de ma filiale française ». Ils ont commencé à parler dans leur langue maternelle et puis, pour que je ne me sente pas exclue, ils sont passés à l'anglais. Ça allait un peu mieux.

— Tu as obtenu des renseignements sur Shingen ? demanda Rieko.

Iwako a hoché la tête. Elle attendait que nos thés arrivent pour commencer. Ils sont venus, accompagnés de deux cookies au chocolat blanc et au thé matcha. Cadeau de la maison. C'est là que j'ai compris que ce charmant bouge appartenait à notre interlocutrice.

— Shingen vit à San Francisco depuis un peu plus de trois ans, a-t-elle alors commencé. Il s'est retiré ici lorsqu'il a passé les rênes de la Torohito. Je ne te refais pas l'histoire, tu dois la connaître, mais lorsque l'entreprise a connu tous ses déboires fiscaux, ses trois créateurs ont été obligés de passer la main… Ils sont quand même parvenus à encaisser un gros paquet d'argent, de quoi vivre heureux jusqu'à la fin de leurs jours qui n'allait, du reste, pas trop tarder…

Rieko lui a appris le décès récent de Washizu. Iwako, dans la grande tradition nippone, s'est contentée de hocher la tête.

— Shingen reste enfermé dans la grande maison qu'il s'est achetée à Telegraph Hill. Il possède beaucoup d'intérêts en ville, des participations dans des restaurants et dans plusieurs sites Internet qui gèrent des petites annonces… On ne peut pas dire qu'il mène une vie sociale trépidante. Si vous cherchez à le croiser quelque part en jouant les innocents, il faudra vous armer de patience…

— Tu crois que c'est par peur ? demanda Rieko.

— Je n'en sais rien, mais c'est tout à fait possible. La Torohito a semé tellement de tragédies çà et là, fait tellement de mal à Kobé et bien plus loin, que Shingen, tout comme les deux autres, peut craindre des représailles…

À qui le dites-vous, Iwako…

Rieko avait, semble-t-il, mis un peu Iwako dans la confidence, car la Japonaise a demandé pourquoi on n'irait pas tout simplement sonner à la porte du yakusa pour lui parler.

— C'est une possibilité, oui, a répondu mon ami. Mais on ne pourra pas rentrer sans son assentiment, et si on pouvait trouver une autre manière de l'alpaguer…

Iwako a approuvé.

— Il y a bien ses rendez-vous médicaux… On m'a parlé d'un dentiste qu'il consulte régulièrement au Saint Francis Memorial Hospital, à Nob Hill, pour des problèmes de gencives… Tu veux que je tente de me renseigner à ce sujet ?

Rieko l'a remerciée par avance.

Ça pourrait en effet être une chouette idée d'assommer le médecin et son assistante juste avant la consultation du yakusa. Rieko prendrait la place du dentiste et moi, armée d'une blouse blanche, celle de sa seconde. On ferait asseoir le type dans le fauteuil et là… zip… on fait marcher les instruments et on le menace avec s'il ne nous dit rien à propos des deux routes, celle de Kobé et celle de Tunis.

Ne me demandez pas pourquoi mais c'est précisément à cet instant, en pensant à cette tactique totalement débile, que je me suis aperçue qu'il y avait un piano droit, au fond à droite de la salle du café. Je me suis levée sans m'excuser, je me suis assise devant l'instrument et j'ai commencé à jouer quelques notes de façon très maladroite. Le piano aurait gagné à être accordé. Je me suis lancée alors dans un morceau de Satie, puis un autre. Ça a interrompu la conversation entre les deux adultes, qui se sont mis à me regarder et à m'écouter, un doux sourire sur leurs visages. Je crois bien que j'ai joué car ça me manquait. Dans la loge, depuis le départ de Mémé Rosa vers l'hôpital, je n'avais pas appuyé sur la moindre touche. Et là, à des milliers de kilomètres de Paris, l'envie de musique me prenait.

Irrémédiablement, après les morceaux célèbres, j'ai glissé vers une improvisation. C'était nul. Puis, ça m'est venu comme ça, j'ai repris la sonate de Rieko. J'ai commencé à la jouer et j'ai bien vu que mon camarade accusait une nouvelle fois le coup, là, en terminant sa tasse de thé. Je crois bien l'avoir rejouée à la perfection, à la note près, telle qu'il l'avait accomplie lors de sa première visite dans la loge. Mais, curieusement, cette fois, j'ai eu la sensation que je connaissais cette musique depuis longtemps… Depuis bien plus longtemps que l'instant où Rieko l'avait exécutée sur le piano de Mémé Rosa. Sensation étrange, curieuse, dans cet endroit.

— Arrête ! a alors crié Rieko en japonais.

Enfin, vu le ton, c'est le mot que j'ai compris.

En une fraction de seconde, j'ai suspendu mes deux mains et je me suis levée. Quand je suis revenue vers lui, il avait le front moite et ses mains tremblaient. Il les a aussitôt glissées sous la table afin de les soustraire à mon regard. J'étais troublée moi aussi par le morceau.

Mon ami a remercié Iwako, et la Japonaise lui a dit qu'elle l'appellerait dès qu'elle obtiendrait les renseignements voulus. Elle avait une amie au service juridique du Saint Francis Memorial Hospital, alors ça ne devrait pas prendre trop de temps.

En retrouvant les rues de San Francisco et le soleil, Rieko a avoué qu'il se sentait un peu fatigué. Il préférait rentrer à l'hôtel. Ses mains tremblaient toujours, mais son front était sec. Et il souriait.

On n'a pas beaucoup parlé sur le trajet retour car mon ami réfléchissait. Il ne regardait pas autour de lui et ne prêtait aucune attention aux mille détails de la ville inconnue.

Il a fini par m'expliquer son trouble, une fois allongé sur le lit de sa chambre d'hôtel. J'allais le laisser pour me reposer un peu, moi aussi, dans la mienne.

— Nouria, m'a-t-il dit, je crois que je n'ai pas écrit cette sonate, tu sais… J'ai eu comme un flash lorsque tu l'as jouée dans le restaurant de mon amie… J'ai toujours cru avoir créé ce morceau, mais c'est différent à présent… Je n'arrive plus à me souvenir vraiment de l'endroit, de l'instant où je l'ai entendu pour la première fois, mais je crois bien ne l'avoir que retranscrit, cet air… En lui donnant de la solennité… En l'ajustant, en le modifiant pour en faire un morceau au piano, une sonate… Mais la mélodie ne m'appartient pas… Je ne l'ai pas créée, seulement modifiée…

— Tu as peut-être l'oreille absolue, comme moi. Ça expliquerait une partie de l'énigme.

Rieko a pris du temps pour répondre.

— Je détiens la réponse dans mon esprit… Je ne sais si c'est important ou pas, mais je dois pouvoir retrouver l'instant, la date, le lieu où j'ai entendu ma fausse création pour la première fois…

Bon, puisqu'on en était aux confidences, j'ai avoué à Rieko que j'avais aussi été troublée en jouant sa sonate.

— Ah ! Tu vois… Toi aussi, Nouria… Après tout, c'est peut-être parce qu'elle est inspirée d'un air très célèbre… Un passage du *Boléro* de Ravel, une musique de film, quelque chose dans le genre…

J'ai secoué la tête. Non, ce ne pouvait être aussi simple. Pour lui comme pour moi. Mais ce partage, cette sensation à propos de la sonate que nous avions en commun, nous a rassérénés.

J'allais à nouveau prendre congé lorsque Rieko m'a rattrapée, non pas d'un geste mais d'une parole, comme à son habitude.

— Nouria…

Je suis revenue m'asseoir sur le lit.

— Tu parlais d'oreille absolue… Dis-moi, Nouria… Pourquoi crois-tu avoir entendu les morts tout autour de Washizu, dans le jardin de Boulouris ?

J'ai froncé les sourcils et j'ai senti que de grosses rides se formaient sur mon front.

— Pourquoi tu me demandes ça maintenant ?

— Parce que tu risques peut-être d'en entendre aussi, lorsqu'on s'approchera de Shingen…

— Oui, et alors ? Tu sais, je vis avec ce truc depuis tellement de temps…

Rieko s'est redressé sur son lit et s'est calé avec des oreillers.

— Mais pourquoi les morts te parlent à toi ? a-t-il demandé. Et comment font-ils ? Qu'est-ce qui déclenche leur prise de parole ?

J'ai haussé les épaules.

— Tu sais bien que j'en sais rien moi-même... Par contre, ce qu'on a appris, c'est que notre rencontre entre toi et moi, entre celui qui s'occupe de redonner de l'espoir aux morts et celle qui les entend et les comprend, ben, ça n'était pas le fruit du hasard, comme on dit...

— Pourquoi ils peuvent rester muets dans un cimetière et se faire entendre lorsque tu t'approches de leur assassin ?

Il suivait sa trajectoire, Rieko. Rien ne parviendrait à le dévier.

— Je n'en sais rien, ai-je répondu. Rien de rien. Et tu penses bien que je n'en ai jamais parlé à personne... Un médecin me rirait au nez dans le meilleur des cas et m'internerait dans le pire. Une voyante ou un charlatan dans le même genre me verraient comme une concurrente déloyale et m'accuseraient d'en vouloir à leur gagne-pain et de les précipiter aux guichets de Pôle emploi... Quant à en parler à un imam, un rabbin ou à un prêtre, tu connais ma position au sujet de la religion... Je ne sais pas ce qui fait que je les entends, Rieko... Est-ce que c'est un don ? Est-ce que Mémé les entend aussi ? Elle m'a toujours juré que non quand je lui posais la question... Maman ? Papa ?

— Il te faut juste un médium, dit Rieko. Un élément qui te relie à eux.

— Oui, c'est ce que je pense. Ça peut être leur corps, mais aussi un objet, un lieu, une personne... C'est pour ça que ça a été aussi intense face à Washizu, dans le jardin...

— Est-ce que tu as entendu mes parents, Nouria, quand tu étais avec lui ?

— Je ne connais pas tes parents, Rieko. Je ne peux pas reconnaître leurs voix.

— Tu aurais pu entendre mon prénom.

— Je ne l'ai pas entendu. Je n'ai pas perçu non plus la voix de mon père. Est-ce que ça signifie qu'ils sont en paix ? Est-ce que seuls les morts qui ont encore à régler quelque chose chez les vivants s'adressent à moi ? Je n'en sais rien... Mais crois-moi que je me serais bien passée de ce don...

Rieko a approuvé.

— Oui, je te comprends.

— D'ailleurs, au début, quand j'avais cinq ans et que les premières voix m'ont empli la tête, je ne comprenais pas... Je me suis même accusée d'inventer ces voix pour faire mon intéressante... Qu'il suffirait que je règle mes soucis pour que ça cesse... Que c'était probablement lié à ce qui était arrivé sur la route de Tunis... Une sorte de choc émotionnel, un dérèglement psychologique qui passerait avec les années... C'est d'ailleurs l'argument que les psys me sortiraient, à coup sûr... Et quand j'ai enfin compris, surtout parce que j'avais beaucoup lu et que je me suis rendu compte de la différence entre ma voix intérieure propre et la voix des autres, alors je me suis dit que c'était une malédiction. Et puis je me suis mise à vivre avec... parce que je ne pouvais plus faire autrement... J'ai laissé la place à ces voix... Je prends soin des voix comme toi tu prends soin du nom des morts.

On a parlé une heure encore, peut-être, et même deux. Et puis on est allés dîner.

Rieko m'a emmenée dans un restaurant du Fisherman's Wharf pour goûter un des plats typiques de San Francisco : une soupe crémeuse aux palourdes servie dans un gros pain blanc évidé.

戒名

C'est la sonnerie stridente du smartphone de Rieko – très peu zen en l'occurrence, et je n'ai jamais su pourquoi – qui nous a interrompus dans notre commande.

Dring dring dring.

C'était Iwako qui appelait. On avait la date et l'heure du prochain rendez-vous de Takeda Shingen chez son dentiste – ou son parodontologue pour être plus précis.

Demain, à onze heures trente *am*, comme on dit là-bas.

Un sacré coup de chance, vous ne trouvez pas ?

13

L'idée, c'était donc « slurp slurp » d'observer Shingen « slurp slurp » dans un premier temps et puis « slurp slurp » d'entrer en contact avec lui au moment opportun.

Les onomatopées, vous l'avez sûrement compris, correspondent au bruit que faisait Rieko en avalant à grandes lampées sa *Pacific Clam Chowder.*

Moi, je restais dubitative et je me demandais si une approche plus frontale n'était pas la meilleure des solutions. On possédait l'adresse grâce aux dossiers de la cave de Mémé Rosa. On pouvait donc très bien, dès maintenant, se rendre chez le yakusa, sonner et le confronter à son lourd passé.

Rieko, lui, n'était pas adepte de cette méthode et je me disais, au fond de moi, qu'il avait plus l'expérience de ce genre de types que moi. Et je ne parle pas seulement d'un éventuel esprit japonais, non… mais aussi d'une tranche d'âge et d'une façon de mener des affaires. Bref, je n'ai pas tardé à me ranger aux arguments de mon compagnon.

戒名

Une fois revenus dans sa chambre d'hôtel, on s'est donc accordés sur une tactique somme toute très simple. Demain, on se rend à l'hôpital, l'air de rien, en visiteurs d'un patient et on observe, de loin, le vieux Japonais pour en apprendre un peu plus sur lui.

— On improvisera si l'occasion se présente pour l'aborder ou obtenir quelque chose de lui, dit Rieko. On a un peu de temps d'avance sur lui si on ne dévoile pas tout de suite notre jeu… Si on le trouve dans une quelconque position de faiblesse, alors…

Sur ces bonnes paroles, Rieko s'est assoupi et j'ai regagné ma chambre. Après avoir passé vingt-quatre secondes chrono sur une chaîne locale d'informations en continu, j'ai éteint ce vacarme et je me suis endormie à mon tour sans aucune difficulté.

Le lendemain, on s'est retrouvés à six heures pour le petit déjeuner dans la salle de l'Argonaut Hotel avec Rieko. On s'était habillés le plus normalement du monde, ce qui n'était pas trop compliqué puisque je n'avais emporté que deux jeans, une chemise et un tee-shirt dans mon sac à dos. Je me suis fait une orgie de pancakes accompagnés de sirop d'érable et de beurre de cacahuètes. Rieko a mangé l'équivalent d'un verger californien en fruits coupés. Ne vous étonnez pas, après, si les Européens ont des indices de masse corporelle supérieurs à ceux des Asiatiques. Il a accompagné ça de litres de thé.

— Tu sais, Nouria, je me suis réveillé très tôt… Avant même de voir le soleil se lever sur la baie…

— Hum…

— Quoi ?

— Hum… Moi aussi… à cause du décalage horaire…

Il a balayé cette remarque purement factuelle.

— Oui, mais aussi parce qu'on se trouve peut-être au matin d'un grand jour... Et puis aussi parce qu'il me semble avoir trouvé dans quelles circonstances j'ai entendu cette sonate que je croyais avoir composée... Ou tout du moins son air... Plusieurs accords... Je ne sais pas comment dire...

— Son inspiration...

— Oui, c'est ça... Son inspiration... C'était dans une station-service.

Charmant. On fait plus romantique comme confidence, non ? Quoique ce n'était pas le but recherché, je vous l'accorde.

— Une station-service juste avant le parc de Suma... Mon père s'était arrêté pour remettre de l'essence dans la voiture... C'était avant ce qui est arrivé ensuite...

Je lui pardonne cette dernière phrase qui coule de source, à mon Rieko.

— C'est peut-être la dernière musique que j'ai entendue avant de voir les papillons, ou bien avant que ses parents ne disparaissent, tu ne crois pas, Nouria ?

Je n'ai rien dit, juste arrêté de m'empiffrer.

— Je ne sais pas s'il s'agissait d'une chanson, d'un morceau de musique classique, juste un rythme peut-être, je n'en sais rien... Je ne m'en rappelle plus... Mais, en me levant ce matin, j'ai vu très distinctement cette station-service, dans les moindres détails... La scène était muette dans mon esprit, mais tes notes d'hier, Nouria, dans le restaurant, se sont superposées aux images. Et voilà...

Peut-être que la proximité avec les yakusas allait raviver les souvenirs de Rieko. Ce pourrait être une raison du retour de sa mémoire enfouie. Un peu comme les voix pour moi, qui se font entendre à proximité de leurs bourreaux…

Puisque je n'avais pas d'explication à fournir à mon ami, je me suis contentée d'approuver, et puis on a reparlé de notre tactique.

— Mais toi, Nouria, a-t-il insisté, tu as dit que tu avais aussi entendu ces notes, certainement, avant même de m'avoir rencontré… Tu ne te souviens pas ?

— Non.

— Tu pourrais te souvenir ?

— Peut-être, oui.

En attendant, on avait du boulot.

À onze heures, on s'est pointés au Saint Francis Memorial Hospital, l'air de rien. Je tenais un paquet de chocolats garantis 10 % cacao OGMisé et Rieko portait un beau bouquet de roses violettes. Le bâtiment, c'était une sorte de parallélépipède rectangle, à neuf étages, bardé de fenêtres identiques. Ça aurait très bien pu être un hôtel pour petit budget, cher au cœur des voyagistes, mais une pancarte portant le caducée et une entrée signalant les urgences médicales faisaient que ce lieu était bien un hôpital.

Dans le hall, bonjour l'ambiance. Soit personne n'était malade à San Francisco, soit l'établissement perdait 75 % de ses patients pour des maladies nosocomiales… Au vu des tarifs qui s'étalaient sur tout un pan du mur de l'accueil, un peu comme chez le primeur au marché, je me disais que les médecins d'ici pratiquaient une certaine forme de sélection qui leur laissait le temps de faire leur jogging matinal et leur apéritif du soir. Bref, on était les seuls avec Rieko. Le seul point positif, c'est que, contrairement à l'hôpital de la Pitié-Salpêtrière, où Mémé se battait contre la mort, ça ne sentait pas l'éther ni le désinfectant bon marché, mais la rose. Je me suis demandé si ça n'allait pas de pair avec le bouquet de Rieko, mais non, c'était partout.

Mon ami a vite repéré l'aile où le dentiste parodontologue, monsieur Schlesinger, exerçait. Du coup, on a quitté le hall d'accueil et on s'est glissés dans la salle d'attente d'un gastro-entérologue qui ne prenait pas de rendez-vous à cette heure. Quel intérêt, me direz-vous ? Eh bien, on avait une vue dégagée sur la salle d'attente de ce bon docteur Schlesinger et sur la porte de son cabinet. Comme ça, on ne pourrait pas rater Shingen.

Il était onze heures vingt-deux lorsqu'une infirmière est venue nous demander si nous attendions un praticien.

— Non, nous sommes venus rendre visite à un ami, a dit Rieko d'une voix suave.

Il avait aussi appris à mentir, Rieko, depuis le début de nos aventures. Et il le faisait rudement bien.

— Dans quel service est hospitalisé votre ami ? a demandé l'infirmière, quelque peu soupçonneuse.

— Je reprends des forces, a dit Rieko. Ne vous inquiétez pas pour nous. Il s'agit d'être patient. Je pousserai sa porte lorsque je me sentirai assez fort pour supporter cette épreuve.

Ces phrases ont suffi à convaincre la dame de nous laisser en paix.

Et juste quand elle est partie, bing, Shingen a débarqué. Il n'a pas patienté longtemps dans la salle d'attente. La porte du dentiste s'est ouverte aussitôt.

Le médecin a appelé son nom, et l'autre s'est engouffré dans le cabinet.

Voilà comment la scène s'est déroulée. À une toute petite exception près : avant d'entrer chez son médecin, le yakusa a jeté un coup d'œil dans notre direction. Et, comment vous écrire cela… J'ai senti que ce n'était pas un coup d'œil innocent. Nous, on le regardait fort et clair… On le regardait même si on baissait parfois nos yeux par peur de se faire repérer. Mais on a bien vu que c'était lui. Ce n'était pas comme son compère de Boulouris, non… Lui n'avait pas changé, pas grossi, pas maigri. Il était tel que sur le portrait dans la cave de Mémé Rosa. Copie conforme. Un front immense, le crâne chauve entouré d'une légère tonsure grisâtre, des yeux noirs, les pommettes hautes, très blanches, et un nez si petit qu'il semblait presque absent. Quant à ses lèvres, on se demandait s'il ne se les était pas fait coudre dans un atelier expert du quartier chinois de San Francisco.

Et lui, il a dû sentir qu'on ne le regardait pas innocemment, comme n'importe quel patient.

Tandis qu'il disparaissait dans le cabinet, Rieko s'est levé et a jeté son bouquet au sol. Il s'est mis à piétiner les roses, une par une. Je lui ai dit d'arrêter, je l'ai pris par le bras, par la jambe, pour faire cesser ce manège grotesque.

Alors je lui ai crié de se calmer :

— Il sait qui nous sommes. Il nous a regardés avec ironie.

Moi, je ne savais pas s'il s'agissait d'une quelconque ironie liée au fait qu'il connaissait nos identités et notre histoire. C'était presque impossible, alors j'optais plutôt pour un trait de la personnalité de l'ancien haut dirigeant de la Torohito : une sorte de complexe de supériorité envers ceux qui ne pouvaient lui être d'aucune aide, d'aucune utilité. C'est-à-dire la quasi-totalité des femmes, hommes, enfants, animaux et végétaux vivant en ce bas monde, à une dizaine d'exceptions près.

Mais Rieko n'en démordait pas. Pour lui, notre coup d'avance, nos vêtements lambda, nos accessoires ridicules (mes chocolats avaient dû fondre en plus, car je les tenais sur mon ventre depuis l'entrée dans l'hôpital), cela n'avait servi à rien.

— Alors, on fait quoi ? ai-je demandé.

Et là, j'ai vu mon Rieko ramasser un à un les pétales de roses qui s'étaient éparpillés dans la sombre salle d'attente du gastro-entérologue. Il a attendu de tous les avoir récupérés avant de lancer :

— On attend qu'il sorte. Et s'il nous rebalance le même regard, je lui saute à la gorge !

Il a dit ça d'un ton, mon ami, que j'en ai presque sursauté sur ma chaise.

Mais on a attendu plus d'une demi-heure. Et personne n'est ressorti. Pourtant, on a été stricts dans nos relais de surveillance. On n'a pas quitté la porte du dentiste des yeux.

Midi.

Midi un quart.

Midi et demi.

J'ai décidé de faire ce qu'on apprend à ne plus faire après ses cinq ans : écouter aux portes.

Une fois assurée que personne ne se trouvait dans le couloir, j'ai collé mon oreille.

戒名

Le silence. Aucun bruit de fraise, d'aspirateur, rien.

Je suis revenue m'asseoir, et Rieko a bien lu sur mon visage que je doutais.

— Y a plus personne, là-dedans, ai-je dit.

Rieko s'est levé. Il a hésité à frapper, puis il a jeté ses tiges de fleurs dans la poubelle de la salle d'attente de Schlesinger avant de retourner vers l'accueil, le regard plus noir que jamais. Est-ce que le yakusa s'était reconverti en magicien ? En prestidigitateur ? Iwako ne nous avait pourtant rien dit à ce sujet.

— Monsieur !

On traversait le hall en direction de la double porte pour retrouver la ville. Et la réceptionniste a appelé Rieko.

— Monsieur !

J'avais bêtement gardé la boîte de chocolats contre moi, sans savoir franchement pourquoi.

— J'ai cette enveloppe pour vous.

On s'est regardés avec Rieko.

— Je n'attends pas de lettre, a dit mon ami en japonais, puis en français, avant de se corriger et de se traduire dans la langue de Poe.

Elle la lui tendait avec le sourire, l'enveloppe, et Rieko l'a donc prise en main. Surtout que, dessus, on avait écrit, avec une police style machine à écrire d'antan :

`Rieko Tanizaki et Nouria Alila`

— Qui vous l'a donnée ? ai-je demandé.

— On l'a déposée à l'accueil. Avec un mot me demandant de la distribuer à un Japonais accompagné d'une jeune fille à la peau brune.

Les chrysalides de Tunis

J'ai vu mon Rieko tituber, l'enveloppe à la main, avant d'aller se glisser sur une banquette en cuir noir sur laquelle se trouvait une femme qui portait des plâtres sur la jambe et sur le bras droit.

Il a ouvert le pli avec un de ses ongles pointus, et il en a sorti un petit bout de papier où il était écrit :

Ce soir, 10 pm.
Rendez-vous sur le parking de Marine Drive, juste avant l'entrée du Fort Point National Historic Site.

C'était donc bien un regard ironique que Shingen nous avait lancé en entrant chez son médecin.

Rieko cherchait de l'air, il était en apnée, et ça a fait peur à la dame plâtrée qui s'est levée grâce à ses deux béquilles en bougonnant afin de traverser toute la salle d'attente et de s'installer dans le coin le plus éloigné de nous.

— Tu connais cet endroit ? ai-je demandé à Rieko.

— Oui, a-t-il soufflé. Ça donne directement sur la baie. C'est sous le Golden Gate Bridge.

Au fond, c'est vous qui avez de la chance.

Le célèbre pont tubulaire rouge-orangé, vous, comme lui et moi, n'y échapperez pas.

14

Vous vous rappelez probablement le Rieko des débuts, non ? L'homme calme, qui ne disait jamais un mot au-dessus de l'autre, très économe, même, de ses paroles.

Ben, vous pouvez l'oublier. L'enterrer même.

Si, sur le chemin du retour depuis l'hôpital, il est resté posé, tenant dans sa main l'enveloppe fixant le rendez-vous, une fois dans sa chambre, il a eu un sacré coup de sang, vous pouvez me croire.

Il a commencé par briser l'écran de la télé en envoyant dessus un vase qui a ensuite explosé en mille morceaux sur le sol. Puis il a envoyé plusieurs coups de poing dans les murs, très puissants, très sonores. Les derniers ont même laissé des traces de sang sur les murs gris et beige. Puis il a déchiré des coussins et s'est emparé de la chaise en bois qu'il a fracassée contre le bureau.

Et tout ça avec des petits ahanements étranges… Pas de cris. Non. Des bouffées sonores de douleur.

戒名

Je n'avais pas peur, non, mais la scène faisait peine à voir. Il souffrait, mon Rieko, et j'ai vraiment compris à cet instant sa réaction première, lorsqu'il a découvert le contenu de la cave de Mémé. Le passé était si douloureux pour lui qu'il ne voulait pas s'y replonger. Et donc il l'a fait à marche forcée, mon ami, pour moi principalement, pour maman, papa et Mémé, je le sais bien.

Pourquoi je ne souffrais pas autant, moi, au contact des yakusas ? Était-ce parce que je m'étais forgé une carapace plus épaisse que la sienne ? Que je mettais moins de sentiment dans tout cela ? Que j'avais une approche différente, plus axée sur l'esprit que sur le cœur ?

Je n'en savais rien. Et je n'en sais toujours rien d'ailleurs. Peut-être que la relecture de mes écrits m'en apprendra plus. Pas sûr. On écrit souvent pour mieux se comprendre mais, à la fin, on est souvent encore plus perdu qu'avant. Dans les pages d'un grand livre, le lecteur doit toujours gagner ce que l'auteur cherche à perdre.

La chambre de Rieko n'était plus que chaos et ça avait fait un sacré vacarme. Le directeur de l'établissement est monté en personne. Probablement habitué aux affres de ses clients, il s'est contenté de secouer la tête en découvrant le désastre.

Rieko s'est incliné avant de tendre au nouvel arrivant sa carte en platine.

— Vous prendrez ce qu'il faut dessus pour les réparations. Ne vous inquiétez pas, il n'y a pas de plafond de paiement. Et vous m'accorderez une nouvelle chambre, s'il vous plaît. Au même étage. Près de celle de ma jeune amie.

Ce fut fait, et en vitesse. Trente minutes plus tard, c'était un Rieko redevenu calme qui dévorait un hamburger aux champignons sauvages, accompagné de frites à la patate douce, sur un banc du Fisherman's Wharf, avec vue imprenable sur l'île et la prison d'Alcatraz.

— J'hésite, dit-il en léchant ses doigts couverts de sauce de la même couleur que le pont emblématique de la cité.

— Tu hésites à quel sujet ? À aller au rendez-vous de ce soir ? On a le choix ?

J'avais terminé depuis longtemps. Moi, l'épisode du matin m'avait creusé l'appétit. En plus, j'avais faim de vérité comme jamais. Rieko ne répondit pas immédiatement et alla se chercher un café servi par un homme unijambiste qui tenait une petite roulotte blanche non loin de nous, proposant boissons et friandises.

— J'hésite à foncer chez Shingen. Sans prévenir. Le devancer. Monter à Telegraph Hill, trouver sa bicoque et entrer sans même frapper. Le surprendre. Le confronter alors qu'il ne s'y attend pas. Le prendre dans toute sa faiblesse. Tu en penses quoi ?

J'ai secoué la tête.

— C'est trop tard. Ça, il fallait le tenter juste après notre arrivée. Foncer à Greenwich Street sans même passer par la case hôtel. Quand il ne savait pas encore qu'on était arrivés à San Francisco…

— Il le sait sûrement depuis longtemps qu'on allait venir le trouver. Peut-être que l'autre obèse de Boulouris avait lâché le morceau avant de clamser…

Joli mot d'argot pour un apprenant, vous ne trouvez pas ?

— Ne perdons pas de vue que ces hommes, même s'ils sont rangés des affaires, sont puissants par leur fortune et leur réseau. C'est peut-être Shingen qui a embauché

Mouret, le détective privé… Peut-être qu'il nous surveille depuis longtemps… Qu'il connaissait notre heure d'arrivée, qu'un de ses sbires a épié notre rendez-vous avec Iwako…

— Je ne risque pas de le perdre de vue, Rieko, mais je crois bien que là on n'a pas d'autres solutions que d'attendre le rendez-vous de dix heures ce soir et, jusque-là, de prendre notre mal en patience.

— On pourrait aller au musée ? ironisa Rieko en terminant d'un trait son café brûlant. Ou visiter Alcatraz ?

J'ai haussé les épaules.

— Tu ne crois pas que le yakusa a pris ses dispositions et qu'on ne pourra plus débarquer chez lui comme ça ? Tu le sais puissant, il est aussi soupçonneux. Bref, il y a de fortes chances qu'on ne le trouve plus à l'adresse dénichée par Mémé Rosa… Avec cette enveloppe, il a pris la main, on n'a plus d'alternative… Il faut accepter de jouer le jeu… Et on obtiendra peut-être alors quelque chose de lui…

Est-ce que j'avais peur, moi, à l'idée de me retrouver la nuit sur un parking dans un des coins les plus sauvages de San Francisco ? Non, définitivement non. Parce que j'y allais avec Rieko. Et parce que je partais du principe qu'on était les gentils, et eux les méchants. Et qu'il y avait toujours une prime, dans la vie, pour ceux qui recherchent la vérité et n'acceptent pas les mensonges. Pas une prime immédiate, hein, non, plutôt l'inverse, sur le long terme… Le très long terme même…

C'était peut-être ce côté idéaliste que je conservais un peu – du fait de ma jeunesse ? –, comparé à Rieko, qui faisait que je vivais plus sereinement les événements.

Allez savoir…

La journée s'est passée étrangement. On a fait une petite sieste, puis on est sortis pour se promener dans la ville et découvrir ses parcs, le Golden Gate Park, urbain, et le Presidio, plus sauvage. Toute cette verdure, cette nature en plein cœur de la mégalopole, ça nous a fait du bien.

À neuf heures, on est rentrés à l'hôtel pour se changer. La température avait chuté, il ne faisait plus que quatorze degrés et j'avais froid. Puis on est partis avec la voiture de Rieko en direction du parking. On est passés pas loin du palais des beaux-arts et du musée Walt Disney. Le trajet n'a duré qu'un quart d'heure. Au bout de cinq minutes, on est entrés dans le Presidio Park à nouveau, et on a obliqué sur la droite juste avant le début du célèbre pont pour emprunter une route qui descendait vers la baie. Le soleil s'était couché depuis longtemps. Les seules lumières qu'on voyait, c'étaient les lampadaires qui bordaient la route, les feux de San Francisco sur notre droite, et, devant nous, les lumières de Sausalito, la petite localité située de l'autre côté du Golden Gate Bridge. J'avais lu dans un roman – je ne sais plus lequel, un thriller sur le détournement d'un avion je crois me souvenir – qu'on pouvait voir des phoques venir sur les plages de Sausalito tandis que vous sirotiez paisiblement votre café assis sur un banc.

Rieko s'est garé sur la première place disponible dans le parking. Il y avait d'autres voitures, énormes, des SUV et des 4×4, mais pas un seul être vivant à cette heure. L'horloge digitale marquait *9:54* sur le tableau de bord.

— Je sors, dit Rieko.

Je l'ai accompagné. Il faisait encore plus froid que dans la ville. Le vent soufflait vivement et emportait avec lui les embruns de l'océan. Je sentais le sel sur mes lèvres et sur mes cils, ou tout du moins une amertume.

Devant nous, le cube en brique du Fort Point, cette forteresse datant de la guerre de Sécession, et, dès qu'on levait les yeux, les arches gigantesques du Golden Gate Bridge puis, plus loin, ses hautes tubulures qui se perdaient dans un ciel sans étoiles.

Rieko s'est assis sur le capot tiède de notre véhicule et je suis venue le rejoindre.

À dix heures pile, on a vu un faisceau blanc apparaître subrepticement sur la façade du fort. Puis plus rien, puis le faisceau des phares à nouveau, sur les rochers surplombant le parking derrière nous.

Un SUV noir s'est arrêté quelques mètres devant notre voiture. La vitre avant gauche s'est ouverte et on a vu une main gantée en sortir. Elle tenait une enveloppe blanche à la main.

Rieko m'a lancé un regard dans lequel se mélangeaient stupeur, lassitude et colère. Un sacré alliage qui n'annonçait rien de bon, si vous voulez mon avis.

C'est pour ça que j'ai sauté en bas du capot et que j'ai fait les quelques pas nous séparant des visiteurs.

Je me suis emparée de la lettre, la vitre s'est refermée vite fait et la voiture a reculé avant de reprendre à vive allure son chemin sur Marine Driveway, en direction de la ville. Je n'avais même pas eu le temps de voir quoi que ce soit de nos messagers.

Je suis revenue près de Rieko et j'ai ouvert l'enveloppe avec moins de tact et de doigté que lui auparavant.

Il y avait un morceau de papier blanc semblable au premier. Même police d'écriture, mais nouvelle consigne.

Les chrysalides de Tunis

`Une explication vous sera fournie demain, à 10 am, au Japanese Tea Garden du Golden Gate Park.`

— Une explication sur quoi ? ai-je un peu bêtement demandé, je vous l'accorde.

— Il y a encore des éléments dans l'enveloppe, a dit Rieko.

Trois éléments, pour être plus précis, étaient collés contre le papier : une photo de Rieko en compagnie de Taketoki Washizu dans le jardin méditerranéen de sa villa du sud, la même - même cadrage, même contraste - avec le yakusa et moi, ainsi qu'une carte de visite au nom d'Achille Mouret, détective privé à Montreuil, en région parisienne.

Je crois qu'avec tout ça le jeu de piste était bien lancé, vous ne trouvez pas ?

J'ai bien observé le visage de mon ami, il n'a pas cillé en découvrant les trois éléments. La zen attitude absolue, en contraste avec son déchaînement à l'hôtel, après notre visite à l'hôpital. Peut-être que ça lui arrive une fois tous les vingt ou trente ans, à Rieko, et qu'ensuite il reprend son calme habituel. Allez savoir.

On est rentrés à l'hôtel sans attendre et, le lendemain, à dix heures tapantes, on s'est présentés au Japanese Tea Garden, situé au cœur du Golden Gate Park. C'était un endroit franchement joli, une large rocaille dominée par deux grandes pagodes rouges et parcourue d'étangs et de mares où des carpes koï bullaient en toute quiétude. On y trouvait - comme son nom l'indique - un salon de thé.

Mais Rieko, ce matin-là, ne se trouvait pas dans une ambiance franchement relax. Alors on a attendu près de l'entrée et, à dix heures, un coursier à vélo a arrêté son engin à quelques centimètres de mes baskets seulement. Le crissement de son coup de frein m'a vrillé les tympans. Il portait une visière où s'étalait en lettres de feu, sous le soleil, le nom barbare de son entreprise de coursiers fait de double « o » et de « w ».

— Nouria Alila et Rieko Tanizaki ? a-t-il demandé.

Dès que nous avons approuvé nos identités, le jeune livreur a farfouillé dans son sac à dos noir et m'a tendu un paquet. Rieko a eu le sien dans la foulée. Puis le coursier est reparti.

Mon paquet était entouré d'un papier cadeau rose pâle et bleu clair sur lequel étaient dessinées des fleurs de lotus. Je l'ai déballé et j'ai trouvé un petit pot contenant une sorte de bonsaï qui ressemblait fort à un bougainvillier.

Rieko, lui, a eu pour cadeau un roman qu'il avait déjà lu, tout comme moi : celui de John Applesworth, *Les Papillons de Kobé*, qui racontait une partie de son histoire. Le papier cadeau – aux teintes gris et beige – représentait des chats hurlants.

Au milieu du roman, entre les pages 284 et 285, il y avait une petite feuille de papier. Comme celle que j'ai trouvée attachée à une des branches de mon bonsaï à l'aide d'un élastique noir. Je vous reproduis ici ce qui était inscrit sur la feuille, ce sera plus simple, pour vous comme pour moi.

Ce message marque le début de la fin
de votre périple à San Francisco.
Ce soir, rendez-vous à 6 pm devant le Ferry

Building, au terrain de jeux du Alamo Square
et près de la Mission Dolores.
Attention, le très honorable monsieur
Shingen ne se trouvera qu'à un seul
de ces trois lieux. L'épreuve se corse
mais elle se terminera bientôt.
Bonne chance.

On nous prenait vraiment pour des tartes. De retour à l'hôtel, pas question pour Rieko de s'énerver à nouveau. La concentration était au rendez-vous, plus forte que jamais. Il était inconcevable qu'on choisisse au hasard un des trois lieux et qu'on laisse notre chance passer pour les deux autres. Nous étions optimistes et partions du principe qu'on rencontrerait enfin Shingen qui, à en juger par ses cadeaux, connaissait bien tout de nous deux et de nos attentes.

Alors on a décidé qu'on se rendrait aux trois rendez-vous. J'irai sur les quais, Rieko à Alamo Square et on a demandé à Iwako de faire le guet devant la Mission Dolores, la plus vieille église de la ville. Nous ne sommes pas entrés plus que ça dans les détails, et elle était d'accord. Pour rester en contact, Rieko est allé nous acheter trois nouveaux smartphones, avec trois nouvelles cartes SIM.

À cinq heures, on s'est retrouvés dans le restaurant d'Iwako pour partir, quelques minutes plus tard, chacun dans une direction différente.

Je n'avais pas peur de partir seule en direction des quais et du Ferry Building.

J'étais, nous étions, dans notre bon droit. Et puis quel intérêt aurait eu le yakusa à nous mener en bateau pour nous assassiner comme ça, pan pan, en plus dans des lieux où il y avait foule ?

Je suis donc arrivée avec dix minutes d'avance devant le Ferry Building de San Francisco, un long bâtiment gris surmonté d'une tour de la même teinte qui m'est apparue comme une bien pâle imitation de Big Ben.

J'ai scruté la foule, debout, appuyée contre un panneau publicitaire pour une crème antirides. Rien. Shingen avait dû choisir Alamo Square ou bien la vieille église pour apparaître.

Et je l'ai vu. Il a percé la foule, une sorte de mouvement étrange né d'un groupe de touristes qui se dirigeait vers un restaurant tout proche.

Shingen est apparu tel que nous l'avions croisé avant d'entrer dans la salle d'attente de son dentiste. Il était vêtu d'un costume noir serré, très strict, chemise blanche et cravate.

J'ai farfouillé dans ma poche et j'ai tout de suite lancé un raccourci sur le smartphone qui envoyait un message écrit préprogrammé à mes deux acolytes. On avait convenu que celui qui rencontrait le yakusa prévenait aussitôt les autres.

Mais, au moment où j'ai envoyé mon message, j'ai reçu deux notifications coup sur coup.

Étrange.

Je n'ai pas sorti l'appareil car Shingen s'est approché de moi.

— Félicitations, Mademoiselle Alila, a-t-il dit dans un anglais teinté d'un très fort accent nippon. Vous avez enfin gagné le droit d'obtenir quelques explications.

Venez chez moi, ce soir, à neuf heures trente. Nous dînerons. Ne m'en veuillez pas si mes gardes du corps vous fouillent avant d'entrer.

Mais j'ai secoué la tête. Il n'allait pas m'avoir comme ça, le yakusa !

— Non ! Vous allez parler ici, et maintenant !

Il y eut à cet instant un nouveau mouvement de foule, et les touristes, qui s'étaient probablement fait refuser au restaurant, sont repassés devant moi dans un déplacement anarchique.

Et Shingen en a profité pour disparaître !

J'ai couru le long de la route, derrière sur les quais, partout, partout. Il s'était volatilisé. Ne me restait plus que le rendez-vous au 229 Greenwich Street, dans quelques heures. Ce qui n'était pas rien.

Alors que je reprenais ma respiration sur un banc, face au Bay Bridge, j'ai sorti le smartphone de ma poche et je me suis aperçue que j'avais bien reçu deux notifications. Une de Rieko et une d'Iwako. C'était à n'y rien comprendre, j'étais perdue, comme vous l'êtes probablement aussi.

On s'est appelés aussitôt en activant les caméras, et on a crié tous les trois en chœur :

— Shingen était là !

C'était complètement dingue. Et quand on a chacun digéré l'information et repris nos esprits, on a ajouté notre petit commentaire. Shingen avait juste salué Iwako, l'avait félicitée pour son esprit d'initiative, mais ne lui avait délivré aucun bristol pour la soirée.

Rieko, lui, s'était vu gratifier tout comme moi d'une invitation à dîner.

戒名

On s'est donné rendez-vous au restaurant. Sur le chemin, j'avais beau répéter : « Le don d'ubiquité n'existe pas… », c'était très peu convaincant de la part d'une jeune fille qui entendait la voix des morts, non ?

Cette fois, j'ai trouvé mon Rieko non plus en colère, mais vivement agité.

On s'est présentés à neuf heures devant le portillon du 229 Greenwich Street. C'était une très jolie maison en bois située sur les hauteurs de Telegraph Hill, et dont les nombreux balcons, quoique modestes, offraient une vue dégagée sur la baie.

Un homme en noir, dont l'œil droit était plus haut que le gauche, nous a accueillis et fouillés, comme il était prévu. Puis il nous a fait entrer dans une grande pièce, au rez-de-chaussée, qui ressemblait comme deux gouttes de saké à celle de la villa rue Georges-Braque. Un ameublement sobre, en noir et blanc, et des estampes sur les murs.

— Je vous invite à monter à l'étage, a dit le type.

Nous sommes montés avec Rieko. Je l'ai pris par la main au moment de poser le pied sur la première marche.

Et ce n'est pas un Takeda Shingen que nous avons trouvé alors devant nous.

Mais trois.

Vêtus du même costume.

Identiques en tout point.

J'ai tout fait pour ne pas m'évanouir.

Et, à ma grande fierté, j'y suis parvenue.

15

Trois Shingen pour le prix d'un. Difficile à croire… J'avais pensé « ubiquité » et il fallait penser « sosie ». Le deuxième yakusa sur notre liste n'équivalait absolument pas au premier. Cet homme possédait encore tout son esprit et avait rusé pour faire de nous ses invités quelque peu forcés plutôt que ses envahisseurs. Il n'avait vraiment rien à voir avec l'obèse de Boulouris qui était probablement déjà à l'article de la mort lorsque je l'avais rencontré dans son jardin.

— Shingen, dit Rieko en japonais. Vous vous comportez comme un enfant.

Il m'a traduit le début de la discussion après coup, Rieko. Mais il se trompait. On ne pouvait pas faire un procès en puérilité à notre ennemi, parce qu'il utilisait deux sosies. Plutôt un procès en paranoïa.

— Je veux vous rassurer, sussura alors le Shingen du milieu. Même si je ne vous reçois pas en ami, je ne vous veux pas le moindre mal. J'ai fait dresser un buffet, derrière moi. Vous êtes mes invités. Des invités un peu spéciaux, mais tout de même… En une phrase comme en cent, Rieko, Nouria, je vous admire… Ou, plus particulièrement, j'admire votre abnégation qui vous a poussés jusque-là après votre courte escapade dans le sud de la France…

— Votre complice est mort, ai-je lancé comme ça, sans réfléchir.

Shingen, étrangement, a souri et a balayé cette remarque de ses lèvres d'une finesse inouïe.

— Nous sommes là pour vous entendre parler, enchaîna Rieko. Ne comptez pas sur nous pour honorer votre buffet et nous cuisiner par la même occasion…

Le Shingen de droite prit la parole :

— Je vous dirai ce que j'ai à vous dire, Monsieur Tanizaki. J'y suis décidé et je pense que mes confidences peuvent vous être d'une grande aide dans votre quête. Vous ne partirez pas triomphants de mon humble villa, mais avec de nouvelles pistes à explorer…

— On vous écoute, lança mon ami.

— Oui, oui, dit l'homme, pas de salamalecs, comme on dit dans le pays de Nouria. C'est bien ce mot, n'est-ce pas ? Je vais vous parler, mais il va falloir réussir une dernière épreuve…

— On en a marre de vos jeux, souffla Rieko.

— Une dernière épreuve, reprit le yakusa de gauche. Désignez le vrai Shingen parmi nous trois. Vous pouvez y parvenir en vous montrant observateurs… Physionomistes… Il s'agit là d'une offre à prendre et à laisser, non négociable…

Évidemment, si Rieko avait été avec une autre compagne en aventures que moi, il aurait peut-être senti son cœur s'emballer devant l'épreuve… Mais là, il savait que je possédais l'arme ultime, une manière très simple de découvrir qui était le vrai Shingen.

Écouter les voix des morts.

Entendre à nouveau les victimes du deuxième yakusa.

J'ai lâché la main de Rieko et je me suis avancée dans la pièce. Les trois sosies se trouvaient devant une table où avait été dressé un encas frugal. Derrière, de grandes baies vitrées ouvraient sur un balcon puis, plus loin, sur la baie sombre d'où pointillait tout de même le grand pont qui donnait accès à Oakland.

— Qui sommes-nous ? dirent en chœur les trois hommes.

Je me suis avancée vers celui de droite et je n'ai entendu que le silence. Peut-être me trouvais-je trop éloignée encore… Mais rien, non, rien, aucune parole, aucun son. Celui du centre n'a réveillé en moi aucun appel ni aucune voix. Il me restait alors celui de gauche. Rieko le fixait avec ardeur, les yeux plissés à l'extrême. De fines gouttelettes de sueur perlaient sur son front. Je devais entendre des psalmodies, des mélopées, en m'approchant…

Mais il n'y eut rien. Mon esprit restait vide. Les trois hommes devant moi ne portaient pas le poids des âmes meurtries réservé aux assassins. Et j'ai crié :

— Aucun de ceux-là n'est Shingen !

C'est alors qu'on a entendu des applaudissements provenir d'une petite mezzanine qui se trouvait sur notre droite.

Un quatrième Shingen applaudissait, l'air ravi. Puis il s'est arrêté et a tapé trois fois dans ses mains, en cadence.

Aussitôt, les trois sosies sont redescendus au rez-de-chaussée, tels des robots.

— Bravo, Nouria, dit-il.

Puis il continua, dans un français presque parfait :

— Achille Mouret nous avait prévenus que vous étiez une jeune fille pleine de ressources, tout à fait extraordinaire même, d'une intelligence vive et audacieuse. Cette pauvre âme avait vu juste et cela lui a, en partie, coûté la vie.

— C'est vous qui avez engagé le détective privé ? ai-je demandé.

— Non, pas moi spécifiquement. Mais je recevais ses rapports en même temps que mes deux anciens acolytes.

Il marqua une pause, alla vers le buffet pour se saisir d'un verre d'un alcool brun et d'un canapé, nous proposant de faire de même.

— Non ! dit sèchement Rieko.

— Comme vous voudrez, dit le yakusa. Mais sachez pourtant que c'est offert de bon cœur…

— Pour cela, il eût fallu que vous en ayez un… dit mon ami, pourtant peu adepte du subjonctif plus-que-parfait en temps ordinaire.

Le visage de Shingen se contracta.

— Maintenant, écoutez-moi bien. J'ai promis de vous parler, et je vais tenir ma promesse. À la condition que vous ne m'interrompiez pas. Je dirai ce que j'ai à dire, puis je vous demanderai de quitter ma villa puisque vous refusez ouvertement mon hospitalité.

Nous avons échangé un regard avec Rieko. Nous étions d'accord pour respecter cette ultime consigne de Shingen. De toute façon, il se tenait en position de force. Et puis la vraie présence du yakusa avait fini par nous mettre mal à l'aise. Était-ce la première fois que nous le croisions, ou bien était-ce tout de même lui, à l'hôpital ? L'atmosphère avait évolué depuis la sortie des sosies et elle ressemblait à présent à cette période courte mais intense qui précède l'orage, où l'on sent l'électricité naître, se condenser tout autour de soi.

— Bien, commença Shingen. Je serai bref tout en me montrant le plus complet. Vous savez que votre quête n'avait rien d'une surprise pour moi. J'ignore si Washizu s'attendait à votre visite, mais moi, depuis l'hospitalisation de votre grand-mère, Nouria, je m'y étais préparé. Vous avez d'ailleurs dû vous en rendre compte. Tout d'abord, sachez que nous ne nous parlions plus, avec Washizu et Nobunaga, mon troisième associé. Nous ne nous sommes pas quittés fâchés, non, mais nous avons décidé d'un commun accord de refaire notre vie chacun de notre côté une fois séparés de la Torohito. Le seul lien qui continuait à nous réunir était les rapports du détective Mouret. En somme, la surveillance de Rosa, l'édification de sa cave à laquelle Mouret n'a jamais eu accès, étrangement d'ailleurs… Il n'y avait plus que vos parents respectifs qui nous réunissaient donc, c'est étonnant, je vous l'accorde, mais c'est ainsi.

Le yakusa termina son verre et s'en resservit un nouveau. Il tremblait.

— C'est Oda Nobunaga qui s'est chargé d'embaucher Mouret. Sachez dès maintenant que c'est lui le principal concerné par tout cela. Ne pensez pas que je tente de minimiser mon implication à propos de toutes les sales affaires financières de la Torohito. Elles sont, pour la plupart, prescrites, mais moi je n'étais que le financier de la bande, le trésorier. Pour utiliser une expression très romanesque, puisque vous aimez cette forme de narration l'un comme l'autre, c'est Oda qui porte tout le sang sur ses mains. Ou presque. Je suis persuadé que vous entendrez des voix si vous vous approchez de moi... Comme vous en avez certainement entendu face à Washizu qui, comme moi, répugnait à se salir les mains. Oda, c'était un autre esprit. Il était l'aventurier de la bande, celui qui aimait participer à tous les coups tordus. Il était dans la voiture, près du port de Kobé, ainsi que dans celle qui a arrêté vos parents, Nouria, à l'ouest de Tunis. C'est à lui qu'il faut demander la vérité, des explications à défaut de comptes, puisqu'il ne sera pas du genre à accepter de vous en rendre.

À cet instant, ne me demandez pas pourquoi, j'ai eu un grand déclic dans la tête. Une vive lumière s'est produite, un flash, devant mes yeux, et j'ai entendu quelques notes... J'y reviendrai car le yakusa s'apprêtait à répondre à la question qui nous brûlait le corps tout entier, avec Rieko :

— Oda est encore en vie, annonça-t-il. Je crois que votre grand-mère, Nouria, n'était pas parvenue à le localiser. C'est parce qu'il vit sur la terre de son plus grand méfait, peut-être, en Tunisie, à une heure de la capitale, sur la côte, à Nabeul, et que c'était inconcevable pour un esprit aussi cartésien que celui de Rosa. Vous n'aurez aucun mal à trouver la demeure du plus riche Japonais du coin, et résidant à l'année qui plus est. Je ne vous communiquerai donc pas l'adresse. Je pense qu'il vous attend et qu'il a, en quelque sorte, préparé votre venue.

Peut-être même va-t-il tenter d'agir lors de votre retour à Paris… Je n'en sais rien, je ne suis pas dans ses pensées. Cherchera-t-il à vous neutraliser ? Se montrera-t-il plus angoissé que moi ? Chacun réagit selon son propre circuit d'émotions, ce n'est pas à vous que je vais l'apprendre… Pourtant, plus je vous observe depuis votre arrivée en Californie, et plus j'ai du mal à vous considérer comme des esprits vengeurs…

Il vida son deuxième verre, hésitant à s'en servir un troisième.

— Une dernière information avant que vous me quittiez : selon Oda, il y avait un témoin la nuit où votre père a été abattu, Nouria. Autant la route était déserte à Kobé, autant s'est-il toujours inquiété de la présence d'un quidam, à Tunis. Il ne m'en voudra pas de vous avoir confié cela. Je le fais parce que Mouret - et je ne vous demande pas de me le confirmer ni de l'infirmer - avait toutes les raisons de croire que Rosa cherchait à fabriquer une maquette reconstituant la scène le plus exactement possible, dans la cave, car elle se disait persuadée que tous les éléments n'avaient pas été exploités par la police locale. Dans un de ses rapports, le détective parlait de photos, d'objets présents sur la route et même de sable que votre grand-mère aurait recueilli sur place… J'admire cette abnégation à sa juste valeur. Tout comme la vôtre. Cela me permet de boucler mon témoignage comme je l'ai commencé. J'espère du fond du cœur que Rosa parviendra à sortir triomphante de cette épreuve.

Il se resservit un nouveau verre, puis se tourna en direction de la baie, nous abandonnant du regard. Deux gorilles montèrent alors par l'escalier. L'heure était au départ, comme il était prévu. Mais Rieko avait une dernière parole à lancer au yakusa. Il le fit d'une voix froide :

— Vous avez privé mes parents de leur *kaimyō*, Shingen. Vous savez, vous, par tradition, ce que cela signifie. Vous porterez cette tache à vie.

Shingen se retourna vers nous et baissa alors la tête. Ce geste pourtant simple, honnête, approprié en ces circonstances, m'apparut alors comme insensé.

— Je le sais bien, Rieko, murmura-t-il. Je sais que cet acte a guidé toute votre existence et je mesure votre état d'esprit en cet instant, même si je n'ai pas toutes les clefs pour cela. J'ai lu le livre de l'écrivain anglais et je suppose qu'il est assez proche de la vérité. Continuez votre quête et rendez-vous auprès d'Oda. Il vous dira la vérité. Vous retrouverez alors l'âme de vos parents et vous pourrez enfin leur donner le *kaimyō* que leurs rangs dans notre société leur conféraient.

J'avais considéré ce discours comme aussi juste pour mon père Bilal que pour les parents de mon ami de peine.

Nous avons quitté la villa aussitôt et, dans la voiture au retour, Rieko et moi n'avons pas échangé la moindre parole. En arrivant dans sa chambre, il a commandé un dîner pour quatre et de l'alcool pour dix. Je lui ai dit que je n'avais, pour ma part, ni faim ni soif, et il a alors tout décommandé. Puis il a appelé Iwako pour lui dire que tout s'était bien passé et la remercier encore chaleureusement pour son aide. Puis il a réservé sur son téléphone deux billets retour pour Paris dans un avion qui décollait le lendemain matin, à dix heures, et reliait sans escale la capitale française.

C'est à cet instant que j'ai évoqué ce flash qui m'était apparu face à Shingen :

— La musique, Rieko, ai-je commencé… Celle que nous jouons au piano, celle que tu as écoutée dans cette station-service, lorsque ton père faisait le plein, à la sortie du port de Kobé… Les notes, cet air, la cadence… Je crois me souvenir à mon tour du moment où je l'ai entendue pour la première fois… C'était sur une radio, en Tunisie. Un morceau qui passait dans la voiture, juste avant que je me mette à pleurer… À quelques secondes de notre interception par les hommes de la Torohito… Une bête musique à travers les haut-parleurs reliés à un autoradio…

À une cinquantaine d'années d'écart avec Rieko. À plus de dix mille kilomètres de distance de Kobé.

Il avait fallu voler jusqu'au bout du monde, sur la côte Pacifique des États-Unis, pour que le souvenir me revienne.

Il disait quoi, déjà, Spinoza, au sujet du hasard ?

16

Deux heures seulement après notre atterrissage à Roissy, je me suis précipitée à la Pitié-Salpêtrière pour voir Mémé Rosa et prendre de ses nouvelles.

Dans la chambre, rien n'avait changé. La même Mémé, sa faible respiration, les mêmes tubes, les draps comme l'autre fois, les bips habituels, et puis l'odeur désagréable de ces établissements où on ne pouvait plus lui mettre son patchouli, à ma grand-mère.

J'ai croisé une infirmière et je lui ai demandé si l'interne qui suivait Mémé était disponible, mais elle a secoué la tête.

— Ma pauvre petite, qu'elle a dit.

Et j'ai choisi de prendre cette parole de compassion comme un signe que l'état de Mémé Rosa ne s'était pas arrangé depuis notre court séjour à San Francisco, bien au contraire. Je me suis donné alors pour consigne de ne pas quitter le bâtiment du complexe hospitalier avant d'avoir parlé à un médecin.

戒名

Et j'ai donc attendu plus d'une heure dans la chambre de Mémé qu'une jeune médecin passe pour vérifier ses constantes. C'était une interne en infectiologie. Je n'ai même pas eu à entamer la conversation. Lorsqu'elle m'a vue, elle a hoché la tête et m'a demandé si j'étais la petite-fille de la patiente.

— Et vous êtes donc la fille d'Inaya Alila ?

J'ai hoché la tête.

— J'ai appelé votre maman ce matin… là où elle se trouve.

Elle avait dit cela, plus gênée encore que par ce qu'elle s'apprêtait à me confier.

— La situation de votre grand-mère s'est franchement détériorée dans la journée d'hier. Nous tenions le staphylocoque sous contrôle grâce à un mélange d'antibiotiques à base de pénicilline, mais il ne semble plus répondre et l'infection a regagné du terrain…

— Que risque-t-il de se passer ? ai-je demandé.

— Si nous ne parvenons pas à reprendre le contrôle de l'infection, le corps de votre grand-mère va devoir déployer des trésors de force pour lutter, et son cœur, fatigué par l'âge, peut lâcher à tout moment.

J'étais partagée entre la tristesse de la nouvelle et l'idée que Mémé partirait dans son coma, sans s'apercevoir de rien. Du moins, c'était ce que j'espérais.

— Nous l'avons placée sous sédatifs, Mademoiselle. Je peux vous assurer qu'elle ne souffre pas.

J'ai alors demandé si elle pouvait encore s'en sortir et j'ai lu sur le visage de l'interne comme une contradiction avec ses paroles :

— C'est encore possible, oui. Nous allons tester

un nouveau mélange antibiotique de la famille des méticillines ou des oxacillines. Pardonnez-moi pour tout ce charabia. Nous avons une réunion, en fin d'après-midi, avec le professeur Benady, notre chef de service en infectiologie. Nous tenterons tout, soyez-en persuadée. C'est d'ailleurs ce que j'ai dit mot pour mot à votre mère, ce matin.

J'ai remercié l'interne et puis je suis allée embrasser Mémé en espérant que j'aurais encore l'occasion de le faire. Juste après lui avoir annoncé que maman allait sortir de prison. Que j'avais repris brillamment le flambeau de sa quête, en compagnie de Rieko, jusqu'à la victoire !

Je suis revenue à pied et j'ai dû bâiller des dizaines de fois sur le trajet. J'étais vraiment fatiguée par le décalage horaire et tout le reste. On avait peu dormi, dans l'avion, avec Rieko. Juste devant notre immeuble, un grand camion de déménagement bouchait la circulation dans la rue tout entière.

Rieko s'était installé juste en face de la porte cochère, dont les deux battants étaient ouverts, et dirigeait une armée de déménageurs avec ses bras et ses mains, en silence, tel un chef d'orchestre.

Je me suis plantée face à lui et je suis restée sans voix.

— On déménage, me souffla-t-il.

— Qui déménage ?

— Toi, moi, nous.

— Non, non, je reste dans la loge, moi, j'attends le retour de Mémé. Et je ne m'éloigne pas de la cave… Tu as bien entendu Shingen. Il a bien dit que…

Rieko a posé sa main droite sur ma bouche.

— Je le sais bien, a-t-il chuchoté. Mais on a cambriolé mes bureaux pendant notre absence. Pas la loge, ne me demande pas pourquoi. Et ils ont essayé aussi de faire sauter les cadenas des portes de la cave… Sans succès heureusement…

Mon ami m'a entraînée dans un coin d'ombre de la cour. Deux déménageurs passèrent devant nous, portant de grosses boîtes en carton. Ils remontaient précisément du sous-sol, par le petit escalier que Mémé Rosa avait dévalé il y a peu.

— Écoute, Nouria. Il faut partir d'ici. Je ne sais pas si c'est Oda Nobunaga qui a lancé des hommes à nos trousses, comme le craignait son ami de Californie, mais ça ne sert plus à rien de rester ici. J'ai loué une maison à Bourg-la-Reine. Le camion de déménagement ne s'y rendra pas immédiatement. Il passera par un garde-meuble au cas où il serait suivi. On nous livrera tout ce qu'il faut dans un second temps pour que nous continuions notre enquête au calme. J'ai demandé qu'on reconstitue la cave à l'identique dans la maison de location. Quand nous en saurons plus, on ralliera la Tunisie. Car tu te doutes, Nouria, qu'on va devoir se rendre à Tunis, n'est-ce pas ?

Je lui ai dit que oui. J'étais un peu perdue et sonnée par cette nouvelle. Quitter la loge, Paris… pour une ville de banlieue. C'était comme m'éloigner plus encore de Mémé que lors de notre voyage à San Francisco. J'en ai profité pour donner à Rieko des nouvelles de ma grand-mère. Il a accusé le coup, à son tour.

— Et j'ai aussi appelé l'avocate de ta mère, maître Laborit, a-t-il complété. Je l'ai tenue au courant de nos avancées.

Là encore, comme à San Francisco, j'ai pu constater toute la puissance de Rieko et cette agilité qu'il pouvait avoir pour arranger les choses.

J'ai donc fait mes bagages, un simple sac à dos là encore, rien de plus, rien de moins, tandis que le ballet des déménageurs continuait à une vitesse ahurissante.

Les paroles de Shingen tournaient en boucle dans ma tête. Je repensais à ses derniers mots, autour du *kaimyō*, ce fameux nom des morts. Est-ce qu'au fond mon père, comme les parents de Rieko, pouvait prétendre à cette marque de distinction ? Ils avaient tous perdu la vie parce qu'ils avaient volé. Un autre point de convergence entre Rieko et moi. Mais on ne devrait jamais payer ses erreurs de sa propre vie, si ? Surtout ses erreurs de jeunesse… On peut voler un jour et faire le bien le lendemain. Qui étais-je pour juger les parents de Rieko et mon propre père… pour les désigner avec ce qualificatif de voleurs ? Et puis, pardon si ça vous fait bondir de votre fauteuil, lit ou canapé, mais voler l'argent de la Torohito, c'est pas comme vider le coffre de la Ligue contre le cancer…

Rieko avait gardé sa voiture de location qu'on avait récupérée dans le parking de Roissy. On est partis du 13e à deux heures du matin pour être sûrs de ne pas être suivis. À moins que les types aient installé une balise GPS sur notre voiture, mais faut pas pousser non plus…

La maison de Bourg-la-Reine, située dans un quartier résidentiel, près des jardins de la Bièvre, était vaste. On est venus nous installer le contenu de la cave le lendemain matin, après une courte nuit de sommeil.

戒名

Rieko avait demandé que la maquette s'étende à présent au rez-de-chaussée, dans un grand séjour baigné de lumière.

Il était temps de s'enfermer dans cette cave qui n'en était plus une et d'observer attentivement la maquette, les photos, les objets. Les rayons du vrai soleil, l'unique, le seul, frappaient vivement sur la route et le paysage de la banlieue reconstituée de Tunis.

À nous d'apporter notre propre lumière.

À nous de retrouver la trace du témoin évoqué par Shingen.

Quatre mille soleils plus tard…

17

— Il nous faudrait un microscope…

— Tu ne crois pas qu'une loupe nous suffirait, Nouria…

— Il y a plus de trois mille photos… Tu te rends compte… Trois mille photos… Je ne sais pas si c'est Mémé qui les a toutes prises sur place, sur la route et aux alentours, lorsqu'elle est venue me chercher à Tunis pour me ramener à Paris, dans sa loge, mais franchement c'est un travail de titan…

— Tu as raison, mais je pense qu'elle s'est fait aider… Regarde… Ce paquet-là n'a pas la même teinte, et celui-là pas la même résolution… Les images sont plus pixélisées… Elle a peut-être payé un ou plusieurs détectives sur place… Ou bien demandé à des proches, de la famille, des amis, de venir faire leur petit reportage, en espérant qu'un regard un peu spécial apporte plus qu'un autre…

— …

— …

— Tu sais, Rieko, je ne te parlais pas de microscope pour faire mon intéressante, tout à l'heure… Viens voir… Là, regarde sur ce cliché…

— Laisse-moi manœuvrer la loupe, s'il te plaît.

— À droite de la route, après la borne. Est-ce que tu ne vois pas des traces de pas dans le banc de sable ?

— …

— Alors ?

— Possible, oui, mais ça ne donne rien de probant. Est-ce que c'est le sable que Rosa a conservé dans les bocaux, là-bas, dans la caisse numéro 12 ?

— Oui, j'ai vérifié, ça y ressemble. Il y avait trois matières sur le sol à cet endroit. Le macadam de la route, le sable des bas-côtés et la terre sèche et craquelée qui commence à peu près à la hauteur du bougainvillier fané où ma mère m'avait déposée.

— Elle a même gardé un morceau de bitume, Rosa. Caisse 14.

— Rieko ? Est-ce que tu vois des traces de pas, toi aussi ?

— Oui. Pas une grosse pointure d'ailleurs.

— C'est en avant de la scène, c'est-à-dire que ça ne peut pas être une des chaussures de mes parents ni de leurs agresseurs.

— Non, en effet. Mais des policiers, c'est possible. Ou bien d'un autre type qui se serait trouvé là un peu plus tard.

— Non. C'est une photo officielle, prise par la police de Tunis au petit matin, à en juger la lumière. Ils avaient gelé la scène à leur arrivée et pendant le reste de la nuit.

— Pas certain que les flics locaux prennent ce genre de précautions…

— Je préfère ne pas relever ta remarque qui frise le racisme…

— Ne fais pas ton innocente avec moi, Nouria. Tu sais que les officiers n'ont pas la même rigueur là-bas que dans bien d'autres pays…

— Non, je n'en sais rien. Et je pars du principe que si, justement. Du coup, les empreintes de pas prises sur la scène du crime quelques heures plus tard, ça pourrait être des traces du témoin…

— …

— Ce sont des pas ! Et regarde, sur la maquette, ils se trouvent ici… Alors il faudrait voir ensuite si, sur d'autres photos, on ne trouve pas les mêmes empreintes sur le sol qui partent… tiens… vers l'immeuble en construction, par exemple…

— Oui, oui, ma jolie… Ça ferait sens en tous les cas… S'il y avait un vagabond qui traînait sur la route et qui avait assisté au début de l'interpellation… Il aurait pu prendre peur et se réfugier dans l'immeuble, la seule cachette aux alentours avec l'arbuste décharné… Et encore…

— Et puis je m'y trouvais…

— Exact ! Il faudrait trier les clichés… pour reconstituer le parcours… Regarde bien, je te montre sur la maquette… Regarde… toute cette zone… La centaine de mètres qui séparent la route de l'immeuble. Le mieux serait de trouver des photos datées du même jour, même heure, et même lumière. Si on part du principe que cette plaine n'est pas très passante, et je le pense franchement, alors on peut tenter de trouver des clichés qui datent de plusieurs jours après le drame… Tu t'en charges ?

— On le fait ensemble, Rieko.

— On le fait ensemble, Nouria.

*

— Voilà, tu peux venir, Rieko !

— Tu es où ?

— Dans la cuisine. J'ai reconstitué le damier des photos sur le carrelage.

— J'arrive !

— …

— C'est impressionnant.

— Merci, mais une minute… Tiens… Tu considères que la porte par laquelle tu es entré, c'est la route. Bon. Et la console de cuisson, là-bas, c'est l'immeuble en construction.

— Je visualise bien. Et donc ? Que peut-on en déduire ?

— Prends la loupe et dis-moi si tu observes la même chose que moi.

— Je pars de la porte.

— De la route, Rieko.

— …

— Avance !

— Ici, sur ce cliché… Des empreintes… En direction de l'immeuble… Mais elles ont l'air plus larges que sur la première photo…

— Un effet d'optique, de perspective… Pour moi, ce sont les mêmes… Regarde, je les ai encore grossies grâce à une appli de scanner sur ton téléphone.

— Merci de me prévenir quand tu utilises mon téléphone, Nouria.

— Tu étais en train de trier le contenu de la grosse boîte 38 en buvant ton saké, je n'ai pas voulu te déranger…

— Ce n'était pas du saké, mais de l'eau.

— Je ne t'ai encore jamais vu boire de l'eau dans un verre à saké. En revanche, je t'ai déjà observé en train de boire du saké dans un verre d'eau.

— On s'éloigne du sujet, Nouria.

— Oui, comme les traces de semelles s'éloignent de la porte en direction de la table de cuisson. Là, là, là et là.

— Et ton scan alors ?

— Regarde ! Le même nombre d'accroches sous les semelles… Douze de chaque côté, même forme également. Ce sont les mêmes chaussures qui ont marché, là et là.

— Le témoin !

— Oui, c'est ce que je crois.

— Et tu n'as rien trouvé d'autre, sur le chemin ? Il aurait pu perdre quelque chose en route.

— Rien pour le moment.

— Laisse-moi la loupe. Je vais regarder à mon tour. Deux paires d'yeux valent mieux qu'une. En attendant, tu peux aller compléter l'inventaire de la grosse boîte.

— OK. Tu m'appelles si tu trouves quelque chose, Rieko.

— Je hurle !

— …

— Et Nouria… Tu peux me rapporter ma bouteille et mon verre de saké, s'il te plaît ?

*

— Pas d'objet sur le sol, rien… Mais je suis d'accord avec toi… Les traces se perdent juste avant l'immeuble parce qu'on ne possède pas de clichés qui s'approchent du lieu… Regarde ici… Là et là… Ce sont probablement des traces de semelles, même si le grossissement n'est pas assez net pour le dire avec certitude…

— Ça pourrait tout aussi bien être des traces d'animaux…

— C'est toi qui fais la fine bouche, Nouria, à présent…

— Je ne fais pas la fine bouche, je veux la vérité. Je déduis, je n'invente pas.

— Dis… Est-ce qu'on sait si Mémé Rosa a exploré l'immeuble en construction ?

— Évidemment, tu crois quoi ?

— Elle a pris des photos ?

— Il y en a.

— Montre !

— Il n'y avait plus grand-chose quand elle est venue… Les flics ont dû ramasser ce qui devait être ramassé…

— Moi, je ne le pense pas, Nouria. Je ne sais même pas s'ils ont pris la peine de vérifier l'intérieur de l'immeuble. Ils sont partis du principe que ta mère était la coupable. Fermez le ban.

— …

— En effet, c'est quasiment vide.

— Y a un mètre-ruban, là… Une équerre… Un fil de construction…

— Caisse numéro 7.

— Qu'est-ce que tu dis, Rieko ?

— Je crois bien que Mémé Rosa a rangé ce qu'elle a trouvé dans l'immeuble dans la caisse numéro 7… Je l'ai inventoriée tôt ce matin, avant que tu te réveilles… Je vais la chercher…

— …

— Voilà… Elle pèse son petit poids, dis donc… Regarde… Le mètre-ruban, le fil… Un paquet de pansements éventré… Une casquette…

— Une casquette ?

— Oui, Nouria. Tu la vois aussi bien que moi, non ? Une casquette rouge et vert. Elle n'est plus de toute première fraîcheur, je te l'accorde, mais c'est bien une casquette d'un club de foot. Il me semble que ce sont les couleurs de… Une seconde, veux-tu…

— Tu aimes le foot, toi ?

— Je soutiens l'équipe des Kawasaki Frontale, dans mon pays. Mon entreprise possède une loge dans leur stade dans laquelle je reçois des clients.

— Tu m'avais caché ça…

— Voilà… C'est bien la casquette d'un supporter du Stade tunisien… Le club de la banlieue ouest de Tunis… Ça fait sens… Elle appartenait probablement à un des ouvriers sur le chantier, qui l'aura abandonnée dans l'immeuble…

— À un ouvrier ou au…

— … témoin ! Oui, Nouria, ou au témoin. Mais là, on est en pleine supposition…

— Non ! Attends !

— Hé… Nouria ! Tu vas où ? Nouria… Fais attention… Nou…

— …

戒名

— Ne renverse pas… Nouria… Tu vas te faire mal… Je vais t'aider. Nouria, non, Nouria…

— La loupe !

— Tiens !

— C'est dans cette pile-là ! Cette photo, et celle-là… Regarde bien… Près des empreintes…

— Quoi, près des empreintes ?

— Tu ne vois rien d'autre, sur le sable… Ce qu'il y aurait marqué sur le sable…

— Si, là, à gauche du pied gauche… À environ une vingtaine de centimètres… Une sorte de S, de serpent très léger…

— Avec une barre au-dessus qui le recouvre…

— Pas probant.

— Et là, sur cette photo ? La suivante, pas probant, non plus ?

— Là, c'est plus clair.

— Rieko… Le serpent… C'est le *S* ! Et la barre, c'est le haut du *T*. Remontre-moi la casquette rouge et vert… *S.T.* C'est le logo du Stade tunisien ! La casquette, Rieko, elle n'appartenait pas à un ouvrier… mais au témoin… Il l'a perdue dans le sol deux fois… Dans son empressement… dans sa fuite… Et les inscriptions en relief ont marqué le sable !

— …

— Mais oui ! Mais oui !

— Nouria, c'est fort ce que tu viens de faire. J'aimerais que tu aies vu juste… Vraiment… Oui, ça ferait sens… Il se serait débarrassé de sa casquette une fois à l'abri dans l'immeuble pour essuyer la sueur de son front… Pour discipliner ses cheveux dans un geste apaisant… Et il l'aurait oubliée avant que Mémé Rosa ne la trouve et l'embarque, en direction de la cave…

— …

— Oh ! Ne l'abîme pas, Nouria… Manipule-la avec précaution… Il y a un nom à l'intérieur ? Non, ce serait trop beau…

— …

— Sans nom, c'est compliqué… Ou bien il faudrait retrouver le nom de tous les supporters de cette année-là et tous les interroger en leur demandant s'ils se trouvaient sur la route ce soir-là… Tout en sachant qu'on peut très bien posséder une casquette d'un club de foot sans être supporter… Parce qu'on te l'a offerte… Parce que tu l'as achetée un jour et que…

— Rieko ! Il n'y a pas de nom… Mais regarde… Là, sur l'étiquette de composition… Un numéro…

— 1… 6… 7… 3

— Non, plutôt 1618. Oui… 1618. Regarde avec la loupe.

— Oui, le 3 est un 8, il s'est effacé…

— Ça peut être le numéro d'une carte de supporter… Une place au stade… On a quelque chose, Rieko ! On tient quelque chose que Mémé Rosa n'avait pas encore trouvé au fil de toutes ces années…

— Un numéro !

— …

— Je te sers un verre de saké, Nouria ?

— 1618, Rieko. C'est le nombre qui peut peut-être nous conduire sur le chemin de la vérité.

— Et faire libérer ta maman, Nouria…

18

Est-ce qu'un jour prochain, quand nous serons arrivés, Rieko et moi, au bout de notre quête, victorieux, on pourra enfin se délasser ? Se poser quelque part, toute une journée, dans un fauteuil confortable, à l'ombre d'un figuier, par exemple, un verre de limonade dans une main et un excellent roman dans l'autre ? Ne penser à rien d'autre qu'à se distraire, vivre sans toujours penser à l'action suivante, au prochain coup à jouer sur ce grand échiquier dont nous avons posé les pièces nous-mêmes, par soif de vérité, avec obstination et courage.

En attendant, il fallait continuer dans le même souffle, conserver cette même énergie qui nous animait depuis, oh, laissez-moi calculer... plusieurs semaines à présent... depuis le début du mois de juillet, en vérité, et l'arrivée de Rieko à Paris.

Je ne suis pas près d'oublier l'été de mes quatorze ans, vous pouvez me croire.

戒名

La découverte de la casquette du témoin – on partait du principe, Rieko et moi, que ce n'était pas une simple hypothèse, mais la réalité – a précipité notre départ vers le pays natal de mes deux parents et de Mémé Rosa. Une heure après notre découverte, Rieko avait réservé nos billets d'avion, un vol direct depuis Paris-Orly, l'aéroport du sud de la capitale qui se trouvait à vingt minutes à peine de notre nouvelle maison. Il avait aussi retenu deux chambres dans un hôtel du centre de Tunis, et deux autres dans un établissement à Nabeul, afin que nous nous sentions libres de circuler entre les deux points névralgiques de notre voyage en Tunisie : l'endroit du drame et le lieu où résidait l'ultime nom de notre liste. De mon point de vue, il était hors de question de dormir dans la famille, et même de leur annoncer ma venue.

Mais Tunis, la capitale, n'était pas seulement une partie de l'adresse de la route où on avait pris la vie de mon père Bilal : c'était aussi dans cette ville que se situait le siège du club de football du Stade tunisien.

Lorsque nous sommes sortis pour la première fois de l'aéroport de Tunis-Carthage pour aller prendre possession de notre véhicule de location, nous avons éprouvé, Rieko et moi, la chaleur tunisienne du début de l'été. Cinquante degrés au soleil, une fournaise, sans un poil de vent. C'était une vraie étuve et la voiture, que le loueur avait garée en plein soleil, était inconduisible pour le moment. À l'instant de saisir le volant, Rieko avait crié et levé les mains au ciel. C'est à peine si des cloques n'apparaissaient pas déjà sur ses paumes.

Le loueur nous a aussitôt prêté un bout de carton pour protéger le pare-brise et faire baisser la température intérieure. Ce qui était bien, dans notre association avec Rieko, c'était que lui, malgré sa tête de touriste, on le prenait au sérieux car il voyageait en ma compagnie. Alors certes j'étais une femme, jeune de surcroît, mais ma peau maltée, mes cheveux bouclés et ma pratique courante de l'arabe apportaient une couleur locale à notre couple pour le moins hétéroclite.

Une demi-heure après notre arrivée, on a pu enfin s'élancer en direction du quartier du Bardo, là où se trouvait le siège du Stade tunisien.

Cela faisait plus de dix ans que je n'étais pas revenue en Tunisie. Une éternité donc. À l'époque, c'étaient les suites immédiates du Printemps arabe. Le président Ben Ali s'était exilé chez ses copains saoudiens, et le pays expérimentait les affres de la démocratie naissante, après celles d'une longue et pénible dictature. Il soufflait comme un air de liberté, d'une vie nouvelle possible pour la jeunesse et pour les autres, le droit d'une expression retrouvée.

Je ne suivais pas, ou peu, l'actualité de mon pays de l'autre côté de la Méditerranée, mais lorsque j'entendais Mémé Rosa en parler, c'était pour grogner, et dire qu'il y avait eu des changements, oui, mais que les partis politiques – surtout les religieux – ne traitaient pas mieux les femmes et les minorités que du temps du dictateur, et que le peuple ne vivait pas moins pauvrement puisque l'État, qui était trop présent avant, s'était retiré de partout sans prévoir de solution de rechange.

Bref, j'arrête là la politique, car ce n'est ni l'endroit ni le moment, mais c'est un peu l'impression que j'ai eue en parcourant les grandes artères de Tunis. Je peux même vous avouer : j'y ai vu plus de femmes voilées qu'il y a quelques années en arrière.

Le quartier plutôt cossu du Bardo se situait à l'ouest de la ville et de l'aéroport. Pour y accéder, on devait prendre la fameuse nationale 7. On s'est arrêtés quelques kilomètres avant l'endroit où tout avait commencé pour ma mère et tout fini pour mon père. Rieko s'est garé sur le parking vide d'un institut de beauté qui faisait curieusement face au grand musée de la capitale. Derrière une rangée de palmiers immenses, sur notre droite, on pouvait apercevoir le dôme de l'Assemblée des représentants du peuple.

Le siège du club ne se trouvait pas précisément ici, mais plus au nord, rue de Marrakech. Lorsque Rieko avait appelé le responsable de la communication du club depuis la France pour évoquer son envie de retrouver des supporters des années 2010, en sa qualité de journaliste indépendant, on lui avait indiqué un nom, Moncef Bekri, et une adresse, rue de la Marsa, là où vivait le responsable historique des Bardo Boys, une bible pour tout ce qui touchait au monde des ultras du club de Ligue 1. On était partis du principe, avec Rieko, qu'une casquette du club portant un numéro ne pouvait appartenir qu'à un supporter pratiquant. Un acharné. Un vrai. Un ultra.

Moncef était au courant de notre visite. Il habitait une grande maison blanche, à deux étages, à quelques encablures du stade Hédi-Enneifer où évoluait son club de cœur. Les hauts murs ocres ne laissaient rien paraître depuis la rue. C'était un homme plutôt petit, au nez épaté et aux cheveux frisés poivre et sel, qui s'excusa aussitôt de ne pas parler le japonais, mais qui s'exprimait dans un excellent français. Il semblait vivre seul. Tout y était rouge et vert, les couleurs du Stade, quoique le vert était fort répandu un peu partout en Tunisie, comme dans tous les pays ayant pour religion l'islam.

Dans son antre, en tout premier lieu, avant même un nom, on y a trouvé un semblant de fraîcheur. L'homme ne possédait pas la climatisation, mais les murs épais et les volets fermés avaient conservé la pièce tiède. Il nous servit un thé à la menthe sucré (plus précisément, dans la grande tradition de l'hospitalité tunisienne, du sucre à la menthe « théifié ») et un assortiment de petits gâteaux à la pâte d'amande et à la farine de pois chiche. Rieko les goûta tous.

— Pour les photos de moi que vous voudrez faire, précisa-t-il d'emblée, on montera sur le toit. Si la pollution n'est pas trop forte aujourd'hui, on pourrait même apercevoir le stade, au nord…

Lui ne le perdait pas, son point cardinal préféré, le patron des supporters…

Évidemment, on n'allait pas lui balancer la casquette comme ça, et je la gardais précieusement dans mon sac à dos. Il fallait louvoyer, et je dois dire que mon Rieko était bien plus habile que moi à cet exercice. Il y est allé doucement et est parvenu à orienter notre interlocuteur vers les registres qu'il devait conserver au sujet de ses troupes, les Bardo Boys.

— Ils sont tous conservés dans mon bureau, oui, dit-il, non sans fierté. Classés par année, puis par numéro. Chaque membre de notre groupe possède un numéro.

— Un numéro à combien de chiffres ? ai-je demandé, un peu bêtement.

Moncef m'a jeté un regard étrange.

— Comment ça, à combien de chiffres ?

Rieko me jeta le même regard, mais plus sévère encore, du genre : « Tais-toi, ma petite et laisse faire les hommes. » Il comprenait vite la philosophie d'un pays, mon ami.

— Vous, par exemple, Moncef, continua-t-il. Vous êtes le numéro un, je suppose ?

— Et comment !

— Et on garde son numéro à vie ?

— Oui, on l'obtient à l'adhésion. Un numéro n'est jamais donné deux fois. Même ceux qui décident de quitter les Bardo Boys le conservent à vie. Comme un souvenir…

— Comme un trophée, vous voulez dire, corrigea habilement Rieko. Qu'on doit inscrire sur son écharpe ou sa casquette…

— Vous avez vu juste ! s'enthousiasma notre interlocuteur. Ou bien les deux ! Vous devez procéder de même, au Japon, non ?

Ce que venait de nous confier Moncef, ça m'avait emplie de joie. Parce que ça voulait dire qu'on avait vu juste, et que c'était bien la casquette d'un supporter du groupe d'ultras.

Ils ont continué à papoter tous les deux, et moi je n'avais qu'une envie : c'était de me glisser dans le bureau et d'aller photographier le nom et l'adresse du fichu supporter portant le numéro 1618. Et pas pour lui rendre sa casquette, si vous voyez ce que je veux dire.

J'ai prétexté un appel à passer pour aller prendre l'air et faire le tour du jardin. Cela sentait le jasmin et l'oranger. Il était tard et il faisait presque nuit. Par la fenêtre du salon, je voyais Rieko et Moncef rire aux éclats. Ils étaient devenus potes. C'était tout de même un peu improbable, mais c'était arrivé. Bientôt, l'équipe du Stade tunisien jouerait un match caritatif face au Kawasaki Frontale. Comptez pas sur moi pour regarder cette purge. J'aurais piscine ce soir-là.

J'avais aussi repéré le bureau du patron des Bardo Boys, qui se situait à droite du salon, après la cuisine. Mais il y avait des grilles sur les deux fenêtres. Et puis Rieko ne m'aurait pas conseillé une pareille manœuvre, lui qui était en train de déployer des trésors de diplomatie.

Puisqu'il ne me voyait pas revenir, il est sorti à son tour.

— Moncef m'invite à dîner, m'a-t-il dit.

— Il m'invite aussi ? ai-je demandé. Ou bien tu me jetteras tes os de poulet, tes pois chiches et ta harissa par la fenêtre ?...

Il a balayé ma remarque en souriant.

— Il m'a servi une bière locale. Tu ne pourras pas dire que je n'y aurais pas mis du mien pour retrouver le nom.

— Ben justement, on ne l'a pas encore.

— Après le repas, je l'entraînerai dans son bureau et je lui demanderai de me montrer un de ses registres afin de pouvoir m'extasier dessus... Tu auras le champ libre pour regarder celui contenant le numéro 1618.

— Tu es le Machaviel de l'archipel, Rieko.

— Non, dit-il en secouant la tête tristement. Machiavel n'aurait jamais accepté de boire une bière chaude qui a un goût d'urine. Même servie par un prince. Le philosophe avait des principes que je ne possède pas, hélas...

On est rentrés en même temps dans la maison. Cette petite conversation informelle m'avait mise en jambes pour le dîner. J'étais toute disposée à inventer une histoire familiale à dormir debout et à jouer au football pour me mettre, à mon tour, Moncef dans la poche.

Mais c'était compter sans les bruits de moteur, puis de portières qui claquent, qu'on a entendus depuis la salle à manger de notre nouvel ami. Il y avait du monde rassemblé rue de la Marsa, devant la maison.

Rieko, d'instinct, s'était levé.

— Vous attendez des amis ?

— Non, personne. Restez là, je vais voir…

On a échangé un regard avec Rieko. Pas discrets pour un dinar, les séides de Nobunaga. Et on ne pouvait pas ordonner à Moncef de rester sagement là et de ne pas aller voir.

Il fallait prendre une décision. Et vite. Au retour de Moncef, on serait bloqués chez lui. Et à moins de s'inviter pour la nuit, ce qui serait inconvenant, on risquait de se retrouver nez à nez avec nos ennemis.

Peut-être qu'on s'emballait, à vrai dire ? Peut-être que ce n'était rien, des riverains, une fête dans une maison proche… Mais Rieko et moi, on se rappelait les paroles du yakusa de Californie : Oda, c'était le moins commode des trois. Et il vivait à cent kilomètres d'ici. Une paille.

— On sort par-derrière, a soufflé Rieko. On escalade le mur.

— Et en attendant… ai-je ajouté.

On a filé tous les deux dans le bureau et on a allumé le néon qui délivrait une atroce lumière blanche de parking. Il y avait une grande armoire dans le fond, devant nous. Je l'ai ouverte, et des volutes de poussière en sont sorties.

Des tornades seraient plus justes. J'en ai toussé, et Rieko aussi. Fort heureusement, Moncef était un homme très ordonné, à défaut d'être très soigneux. Les dossiers étaient classés par numéro. Au milieu, à droite, une couverture grise, sur la tranche : 1501-1700. Les mathématiques sont loin d'être ma matière préférée, je ne vous apprends rien, mais là je n'ai pas hésité un instant.

— Rieko ? Nouria ? Mes amis ?

Il était de retour, et Rieko sortit en hâte du bureau pour aller le retrouver.

— Ce n'est rien… Des Tunisiens de passage pour une fête…

Mais Rieko passa devant notre hôte sans même tourner son regard vers lui, sans prononcer le moindre mot. Il partit en direction du jardin, et je le suivis. Il n'a dû voir de moi qu'un tourbillon de couleurs, Moncef !

Rieko m'a fait la courte échelle pour enjamber le haut mur, à hauteur de l'oranger.

Derrière, le chef des ultras parlait à haute voix en arabe, j'ai perçu le mot خزانة, armoire. Mais je restai concentrée sur mon escalade. Une fois en haut, sur l'étroit parapet, j'ai posé le dossier pour libérer mes deux mains et les tendre à mon ami. Je l'ai aidé comme j'ai pu. Ses abdos ont fait le reste. Je crois qu'il ne s'est jamais autant félicité de détester le beurre des Charentes et d'avoir toujours gardé ses dimanches pour faire du jogging et des séances fréquentes en salle de sport, chez lui, à Tokyo.

— On saute à trois, dit Rieko.

— Là, cria une voix depuis la rue de Marsa. Du bruit, là ! Par l'arrière ! Ils fuient !

戒名

On a sauté à deux parce que ça urgeait. Moncef avait compris notre manège et s'était mis à gueuler à son tour.

Dans ma main, je tenais le registre qui comprenait le nom du supporter numéro 1618.

On a entendu une flopée de jurons dans la langue de Mohamed.

La réception sur le trottoir fut rude. Comme si on m'avait donné deux coups de scie aux genoux. Rieko laissa échapper son petit ahanement habituel, très nippon. On s'est regardés, on s'est souri.

Et puis nous avons fui dans la nuit brûlante de Tunis.

19

J'éprouvais en courant jusqu'à notre voiture un curieux sentiment d'apaisement. On était en sueur, les veines et les artères bourrées d'adrénaline, angoissés à l'idée de se faire rattraper par les sbires d'Oba, et pourtant, parce qu'on était sortis triomphants, c'est-à-dire avec le registre en notre possession, on allait bientôt être en mesure de poser le point final de notre grande quête commune.

— Démarre ! Accélère ! ai-je crié.

Au cas où mon ami aurait plutôt eu le réflexe de provoquer un court-circuit sur le moteur ou d'appuyer comme un malade sur la pédale de frein.

Mais notre salut ne tenait qu'à la rapidité de Rieko. Si les types parvenaient à nous suivre, on était faits. Si on réussissait à les semer, on gardait un coup d'avance en se réfugiant quelque part où ils ne nous attendaient pas.

Mon ami a retrouvé son sang-froid légendaire en démarrant la voiture. Plutôt que de martyriser le moteur pour fuir le plus rapidement possible, il a embrayé en silence, adoptant une vitesse réduite lui permettant de changer les vitesses sans faire trop de bruit. Évidemment, il n'avait pas mis les phares, et on a été à deux pare-chocs de percuter un panneau de signalisation.

Derrière nous, pas une lumière, le silence encore. J'avais la tête tournée vers l'arrière et Rieko le regard rivé vers l'avant.

Une fois sur la nationale 7, mon ami a pris à gauche. On est remontés en direction du stade, qu'on a longé, avant de suivre la direction de l'université d'El Manar.

Il était près de vingt et une heures et les rues étaient bien moins encombrées qu'à notre arrivée. On avait donc réussi à les semer. J'ai remercié Rieko.

— Tu me remercieras, Nouria, lorsqu'on sera revenus à Paris, qu'il a soufflé, le Nippon.

Évidemment, à partir de cet instant, nous sachant repérés, il était hors de question de se rendre à l'hôtel que Rieko avait réservé, près de l'aéroport. Puisqu'ils étaient parvenus à nous retrouver chez Moncef, rien ne disait qu'ils ne connaissaient pas non plus le contenu de nos réservations.

On allait donc devoir dormir à la belle étoile. On avait un toit, cependant : celui de notre voiture. Une vraie étuve, même de nuit. J'ai ouvert la vitre à l'avant, et un vent tiède, délicieux mélange d'odeurs d'hydrocarbure et de jasmin, a glissé sur mon visage.

Rieko a conduit au hasard en partant du principe que le hasard faisait plutôt bien les choses depuis quelque temps, et que c'était le meilleur moyen de ne pas être retrouvés.

— Ils vont réfléchir à propos de leur erreur. Alors, nous, ne réfléchissons pas… Conduisons !

À une grande intersection, un peu avant le quartier d'El Menzah 1, Rieko a pris à gauche, pour remonter vers le nord. On a traversé ce quartier résidentiel constitué d'immeubles, grands et petits, ponctué de petits centres commerciaux. Des adolescents jouaient au foot sur des bandes de bitume désertées, devant les habitations. Beaucoup portaient le maillot rouge et vert aux couleurs du Stade tunisien, ou blanc et rouge, les couleurs de l'équipe nationale. Plus loin, sans crier gare, Rieko a vivement coupé la route pour suivre un panneau *Parcours de Santé*. Toute l'ironie du personnage résumée en un coup de volant.

On est en effet passés devant une sorte de square défraîchi, à la végétation brûlée, puis ce fut une longue procession de petites maisons blanches.

Rieko ralentit dans une rue calme, puis stoppa la voiture et éteignit le moteur. Nous nous trouvions dans un coin sombre, à une vingtaine de mètres d'un café où trois hommes attablés partageaient une chicha. Un petit parking d'une supérette abandonnée à la vitrine brisée. Quartier El Menzah 7, rue de l'El-Amir-Abdelkader, pour être plus précis.

À l'extinction du moteur, le silence. Puis un long et profond soupir de Rieko. Des aboiements de chien. Un cri : « Vanille ! Ici, Vanille ! » Puis plus rien.

— On est bien, ici, dit mon ami. Je crois qu'on les a vraiment semés…

J'ai voulu allumer le plafonnier pour, enfin, ouvrir le dossier et lire le nom du supporter numéro 1618, et puis je me suis dit que la lumière de mon nouveau smartphone – celui que Rieko m'avait offert à San Francisco – suffirait bien.

J'ai fait basculer la couverture. C'était un classeur. Avec des intercalaires.

1601-1700.

Voilà. Tout y était manuscrit. Du charabia pour Rieko, car Moncef avait tenu ses registres en arabe. Heureusement, Mémé m'avait appris à le lire à peu près correctement.

1618. J'ai posé mon doigt sur le numéro.

Et je l'ai fait glisser vers la gauche, pour lire le nom.

Aucun. La case était vide.

Enfin, c'est ce que j'ai cru au premier regard. Je me suis débarrassée d'un revers du poignet de cette maudite sueur qui perlait de mon front sur mes paupières et dans mes yeux. Qui me brûlait.

Une écriture floue est alors apparue. J'ai lu *Sahbi El Amri*. Une date de naissance : *12 septembre 2001*. Et une adresse, enfin : *Cité Somrane, 12 rue 4157*.

J'ai lu ces informations à Rieko. Il a hoché la tête avant de bâiller. Puis il a dit :

— On ira demain, à la première heure. Même si Sahbi n'habite probablement plus à cette adresse. Ça fait plus de dix ans.

Nous avions abouti au même résultat. Sahbi était un gamin au moment de la tragédie. Ce qui expliquait la petite pointure des traces de chaussures dans le sable. Le témoin était un enfant. Pas aussi jeune que je ne l'étais, certes, mais ça expliquait sa fuite et sa volonté de se faire oublier.

Rieko a aussitôt fait basculer son fauteuil et s'y est allongé tant bien que mal.

— Bien joué, Nouria. Je te propose de dormir un peu. Demain risque d'être une longue et rude journée.

Pas plus que les cinq ou six dernières, remarquez bien. J'ai écouté la voix de Rieko, aussi nommée la voix de la sagesse, et j'ai allongé mon siège à mon tour en me disant qu'on avait été rudement inspirés de ne pas balancer le numéro du supporter à Moncef. Parce que si les types étaient revenus le voir pour en savoir plus sur notre démarche, ben ils auraient pu aussi mener leur enquête. Ils n'obtiendraient plus le registre, certes, mais on devait bien trouver ce numéro quelque part. Au siège du club, par exemple.

Demain, on serait les seuls à chercher Sahbi El Amri. Et c'est cette douce pensée pleine de promesses qui m'a fait glisser dans les limbes...

C'est le soleil qui nous a réveillés sur le coup des cinq heures trente. On a grogné ensemble, puis chacun à notre tour, comme deux musiciens en concert qui se lancent à la demande du public dans un solo. On a entendu à nouveau les aboiements, le nom du chien. Et puis Rieko est sorti pour nous commander des thés. Il est revenu avec des viennoiseries étranges à la crème, gorgées d'huile. C'était bon.

— Six heures, ce n'est pas une heure pour se présenter chez Sahbi, dit Rieko, qui utilisa le rétroviseur pour se donner un coup de rasoir électrique.

Je suis sortie pour défroisser mes vêtements, mais, même si je les avais laissés toute une journée dans une presse hydraulique, ça n'aurait rien changé.

— J'ai envie de prendre une douche, ai-je dit.

— Tu t'embourgeoises, m'a répondu Rieko dans un clin d'œil.

Je me demande où il a appris ce mot, mon ami. Dans une Pléiade de Flaubert, de Maupassant ou de Zola ?

On a attendu sur le parking.

À huit heures, Rieko s'est mesuré au logiciel de navigation de son smartphone pour lui faire avaler l'adresse du supporter numéro 1618. Il y est parvenu après quelques jurons.

Les rues étaient déjà bien embouteillées à cette heure. Pas un poil de vent, les palmiers étaient figés. Trente degrés à l'ombre déjà. Une journée ordinaire qui commençait à Tunis.

Mais pas ordinaire pour tout le monde, croyez-moi.

La Cité Somrane se situait un peu au sud du musée du Bardo. Des petites maisons individuelles où se promenaient des dizaines de chats errants. J'ignore si j'ai vu un de ces félins avec ses deux yeux intacts. Rieko s'est garé près d'une décharge sauvage et on s'est rendus, sous les regards las des quelques passants, jusqu'au numéro 12 de la rue 4157.

On a sonné.

Attendu.

On nous a ouvert.

— C'est pour quoi ? a demandé une voix de femme, en tunisien.

— Sahbi est là ?

— C'est pour quoi ? a-t-elle répété.

— On voudrait lui parler. C'est au sujet d'un reportage à propos du Stade tunisien. Un reportage pour un journal japonais.

La femme, voilée, mais dont on apercevait la totalité du joli visage, fin et dépourvu de rides, est sortie pour nous observer. Rieko s'est contenté de sourire. Elle devait se dire que le Nippon avait engagé une jeune interprète pour son reportage, voilà tout.

— Pourquoi Sahbi ? a-t-elle demandé. Pourquoi mon fils ? Il ne va plus aux matchs depuis longtemps.

— C'est Moncef Bekri qui nous a donné son nom, a répondu Rieko en français.

La femme a fait la moue.

— Je ne sais pas si Sahbi voudra vous parler. Allez le lui demander. Il travaille à la librairie Elfawz, c'est pour les enfants. Rue 4612, de l'autre côté de la rue du 13-Août. Je ne vous conduis pas, j'ai mes deux autres fils à la maison.

On a remercié la maman et on a suivi scrupuleusement ses instructions pour nous rendre à la librairie. C'était une bien modeste boutique, située à l'ombre de deux hauts palmiers dont la moitié des feuilles avait été brûlée par le soleil.

On a poussé la porte blanche et déclenché un petit grelot.

Pas eu besoin de demander si Sahbi était bien là, car il n'y avait personne d'autre dans la boutique qu'un jeune homme qui devait avoir à peine plus de vingt ans.

Enfin, si l'on exceptait les milliers de personnages cachés derrière les couvertures des livres en arabe et en français qui se trouvaient sur les étagères, classés horizontalement et verticalement, dans un joyeux désordre enfantin.

Un Tunisien qui était du genre à être né le 12 septembre 2001.

戒名

— Sahbi El Amri ? ai-je demandé.

Il était assis, il s'est levé.

— Oui, c'est moi.

J'ai lancé un regard à mon ami. Il m'a fait comprendre qu'il me laissait à la manœuvre.

— Tu te rappelles ton numéro chez les Bardo Boys ?

— C'est quoi, cette question ? a-t-il demandé.

Et là, allez savoir pourquoi, ça m'est venu comme ça. Alors, oui, j'aurais très bien pu le mener vers le jour fatidique, lui rappeler sa qualité de témoin en le questionnant habilement au sujet de la casquette, et tout, et tout. Mais mon instinct – et vous savez qu'il compte beaucoup pour moi, mon instinct –, eh bien, il m'a soufflé d'ouvrir mon sac à dos. Comme ça. Et d'en sortir la casquette rouge et vert.

D'abord, Sahbi a froncé les sourcils, puis fait un pas de côté.

— Numéro 1618, c'est bien toi ? ai-je dit en faisant semblant de lire l'étiquette.

Il a dû reconnaître l'objet que je tenais en main précisément à cet instant. Car il a cherché un point d'appui pour ne pas flancher. Il n'a pas dit oui, mais pas dit non non plus.

— On est venus te rapporter ta casquette, ai-je ajouté.

Rieko a fait un pas en avant. Et Sahbi un pas en arrière.

Et on a tout de suite su, avec mon camarade d'aventures, que c'était bien lui, le témoin à la casquette rouge.

20

— Où ? balbutia Sahbi. Où… ?

On approchait de l'heure de vérité. Et moi, je n'ai rien pu faire d'autre que de penser aux miens : à Mémé Rosa, d'abord, qui aurait dû être à ma place. À ma mère. Et à papa, qui n'était plus là, mais pour qui nous avions pris nos bâtons de pèlerins, avec Rieko.

— C'est bien votre casquette, n'est-ce pas, Sahbi ? demanda Rieko avec une voix d'une ineffable douceur.

— Je n'en sais rien… Oui, je suppose…

Je la lui ai tendue, mais il ne l'a pas prise. Il a continué à reculer, même. Rieko, lui, s'était immobilisé.

— Elle a été ramassée il y a très longtemps dans un immeuble en construction, à la sortie de Tunis, sur la nationale 7, un peu après la mosquée Béjaoua.

— Je ne… Je ne…

Sahbi a regardé à droite, à gauche, au sol, au plafond. Partout où les curieux visiteurs du temps qui venaient de débarquer sans prévenir dans sa boutique ne se trouvaient pas. Et moi, je comprenais son émotion, j'étais submergée aussi, incapable de mener la conversation. Alors j'ai laissé mon ami continuer :

— Vous vous rappelez cette nuit-là, Sahbi ? De la nuit où vous vous êtes réfugié dans l'immeuble… Et où vous avez perdu votre casquette…

— Qui êtes-vous ? Je n'ai rien vu. Je n'ai jamais rien dit, rien raconté. Je n'ai pas l'intention de le faire.

— Mais vous étiez bien sur cette route ?

— Oui, je revenais de chez mon père, à Essaïda. On s'était fâchés, comme d'habitude. Qui êtes-vous ?

Il fixait les livres, les manuels, les romans dont il avait la garde dans la librairie, et c'est comme s'il cherchait dans les couvertures une force particulière pour continuer son récit.

— Mais qui êtes-vous ? demanda-t-il à nouveau.

Et là, j'ai senti qu'il fallait que je prenne la parole pour dire la vérité. Ce serait le prix à payer pour obtenir la coopération du témoin. Ce n'était pas un coût excessif non plus.

J'ai donc fait un pas à mon tour et je lui ai tout expliqué, en arabe. L'homme qui avait été assassiné, c'était mon père. La fausse coupable désignée par la police, ma mère. Je lui ai parlé des trois yakusas, et même expliqué la présence de Rieko, qui avait vu des papillons à Kobé, comme moi une chrysalide à Tunis. Que le livre signé par John Applesworth était peut-être même sur une des étagères de la librairie.

Alors, après un long silence, Sahbi s'est avancé vers moi. Il a considéré la casquette. Ses yeux étaient à moitié fermés, il se mordait la lèvre inférieure. Une pensée m'a traversé l'esprit, une pensée incongrue : je me suis dit qu'il était beau, Sahbi. Tout simplement beau, avec son visage fin, son grand front et son air sensible.

Il a tendu sa main droite pour prendre la casquette, mais il s'est ravisé à quelques centimètres à peine, comme si l'objet risquait de lui brûler les doigts.

— Oui, j'étais là lorsque la seconde voiture est arrivée… Je traversais la plaine, de l'autre côté de la route… J'ai entendu que ça criait, qu'on tirait des coups de feu, un ou plusieurs, je ne me rappelle plus bien… J'ai eu très peur… Je ne voulais pas passer près d'eux, ils auraient pu me voir… Alors j'ai traversé la route en amont de la scène, j'ai coupé le ruban de bitume à un endroit où les phares des deux véhicules ne portaient pas ; il était très chaud, brûlant même. J'ai marché dans le sable… Grâce à la lune pâle, j'avais vu l'immeuble où je pouvais me réfugier. Derrière moi, ça parlait, ça criait… Je crois même avoir entendu un enfant pleurer… J'ai perdu plusieurs fois ma casquette… Je l'ai ramassée pour ne pas laisser de trace… Je crois ne jamais avoir été aussi angoissé de ma vie… Une fois dans l'immeuble, je me suis allongé et j'ai attendu, attendu… jusqu'à l'arrivée de la police… Je me suis carapaté ensuite pour retourner chez ma mère… J'ai pris un bus au petit matin…

Il s'est arrêté pour déglutir.

— C'est la première fois depuis dix ans que je parle de ces souvenirs.

— Mais qu'as-tu vu de la scène ? demanda Rieko. De ce qui se passait autour des voitures, sur la route ?

— Rien. Je regardais devant moi, et tout se passait derrière… Je ne sais pas qui a tiré… Ce que je sais, c'est qu'il y avait bien une seconde voiture… Et que toutes les personnes présentes se tenaient en joue, sous la menace d'une arme… Je n'ai rien vu de plus, je suis désolé…

J'ai posé mes deux mains sur les épaules de Sahbi.

— Tu n'as pas à être désolé… Ton témoignage n'a pas de prix pour nous. La police pourra enfin entendre un témoin. La présence d'un second véhicule change toute la donne, même si elle n'innocente pas réellement ma mère. Il y a là de quoi obtenir un nouveau procès.

— La prescription est de vingt années pour les crimes, en Tunisie, précisa Rieko sur un ton de juriste. C'est tout à fait possible, en effet…

Ce n'était pas la peine de demander à Sahbi s'il se rappelait le numéro d'immatriculation de la seconde voiture, celle de la Torohito, qui se trouvait la plus proche de lui. La réponse était connue d'avance. Et, comme s'il avait lu dans nos pensées à cet instant, comme un mot d'excuse, il a ajouté d'un ton contrit :

— Je n'avais que dix ans…

On lui a souri.

— Vous allez faire quoi, à présent ? demanda alors le jeune libraire.

C'était une excellente question.

— Nous rendre chez Oda Nobunaga, le dernier de la liste. Il réside à Nabeul.

Rieko fit non de la tête.

— C'est bien trop dangereux. S'il a envoyé des hommes pour nous cueillir hier soir et qu'on leur a échappé, ce n'est pas pour nous jeter dans la gueule du yakusa ensuite !

— Et tu proposes quoi d'autre ? ai-je demandé sans aucune colère. Nous n'avons pas d'autre choix. Il faut que Nobunaga parle. Et avoue. On arrivera bien à le convaincre de nous accorder un peu de son précieux temps, à ce vieillard.

— Je ne sais pas si… reprit Rieko.

— Tu sais très bien pour quelle raison la rencontre avec le dernier de la liste est indispensable, Rieko.

Il a hoché la tête tandis que Sahbi nous fixait étrangement, témoin, cette fois, d'une douce scène d'un ménage très particulier…

Mais je savais bien que Rieko avait raison. Et même si elle était à notre initiative, et non contrainte comme l'aurait souhaité Nobunaga, la visite à Nabeul pouvait s'avérer dangereuse. Il fallait élaborer une tactique, penser juste, voir loin. Je me suis à nouveau adressée au libraire :

— Écoute, Sahbi… Est-ce que tu veux bien nous rendre un dernier service ?

— Aller à la police pour faire, enfin, mon témoignage ? Mais est-ce qu'ils me croiront ?

Rieko expliqua que oui, grâce aux photos et à la casquette. Mais ce n'était pas le sens de ma proposition.

— J'allais te proposer de ne pas te rendre à la police immédiatement. Mais si et seulement si je ne te passe pas un coup de fil ce soir, avant dix-neuf heures. Ça voudra dire que notre entretien ne s'est pas déroulé comme prévu avec le yakusa. Alors, tu pourras aller au commissariat le plus proche faire ton témoignage. Et je vais t'envoyer par mail les photos et les preuves que nous avons collectées avec Rieko. J'ai ça dans ma messagerie.

Pour toute réponse, Sahbi me tendit une carte de visite de la librairie où figurait une adresse électronique. C'était donc un oui silencieux, un assentiment timide, mais franc. Comme je les aimais.

— Pas avant dix-neuf heures, c'est d'accord, Sahbi ?

J'ai jeté un coup d'œil vers Rieko qui se retenait pour ne pas faire de commentaire. Je n'étais pas persuadée qu'il approuvait ma tactique. Mais, au fond, je m'en fichais. Je prenais les rênes. C'était pour mon père, et non pour le sien. Je devais faire parler la chrysalide. Il y aurait peut-être un temps pour lui, ensuite, pour faire parler les papillons.

— C'est d'accord, dit le libraire.

J'ai déposé la casquette sur une pile de recueils de poésie arabe, sur ma droite.

— Et tu leur préciseras que, lorsqu'on t'a quitté, on se rendait chez Oda Nobunaga, à Nabeul. Ils trouveront sans peine.

J'ai remercié Sahbi en le prenant dans mes bras, carrément. Et Rieko a fait de même. Dingue. Puis on est sortis et on a retrouvé la voiture intacte près de la décharge sauvage qui, elle, avait pris de l'ampleur.

On s'est assis dans les fauteuils déjà brûlants.

— Tu sais, Rieko. Si je veux parler à Nobunaga, c'est pas forcément pour qu'il avoue tout. Ça, je ne le crois qu'à moitié, il n'est pas taré… Mais je dois me confronter à lui, et tu sais très bien pourquoi.

Le Japonais colla sa tête contre ses mains, sur le volant.

— Oui, je le sais, Nouria. Pour tenter d'entendre la voix de ton père. Pour l'écouter, lui parler. Pour vous apaiser, en somme.

Je n'avais rien à ajouter à ça.

Rieko a démarré. Cette fois en direction de Nabeul, sur la côte est.

Les chrysalides de Tunis

Je m'étais séparée de la casquette rouge et vert, en toute confiance. Et un peu de cette peine qui pesait depuis trop longtemps sur mon cœur, en toute douceur.

21

On a roulé un peu plus d'une heure en direction de Nabeul, sur une autoroute sans guère de reliefs. À la sortie de Tunis, la vision du mont Boukornine, avec ses pentes vertes, m'a bien apaisée. Je ne saurais vous dire pourquoi… Peut-être parce que mon père et ma mère y randonnaient avec moi sur le dos, lorsque j'étais bébé.

Peut-être.

Nabeul nous a accueillis dans une indifférence bienvenue. Ça nous a tout à fait convenu. C'était une ville de taille moyenne, avec un centre qui comptait bon nombre de restaurants et de boutiques, et, non loin, accessibles à pied, la côte et ses hôtels pour la plupart désertés. On s'est garés le long de l'avenue Bourguiba, un peu entre le centre-ville et la mer, en face d'un petit supermarché. Sur la route, après avoir tout transmis à Sahbi, j'avais tenté de trouver des informations sur le Japonais depuis mon smartphone. J'étais revenue bredouille.

戒名

Alors on a utilisé la bonne vieille méthode, avec Rieko, et on s'est rendus à la terrasse d'un premier café, puis d'un second. On s'est restaurés, à midi, de copieuses fricassées – des beignets bourrés de thon, d'œuf et de harissa. Et c'est sur la promenade de la plage, près d'un parc de jeux gonflables réservé aux enfants, qu'on a obtenu l'adresse de Nobunaga de la bouche d'un marchand ambulant de glaces et de ballons.

— Vous pouvez y aller à pied, nous a-t-il dit. Par la côte. C'est plus loin, après les hôtels en descendant vers Hammamet, à la hauteur du palais de la Municipalité. Il vit dans une grande villa avec une plage privée, La Meriken.

Rieko m'a murmuré à l'oreille : « C'est le nom d'un grand parc, à Kobé. »

— Mon frère est boucher et il le fournit en viande… En bœuf surtout… Il est très exigeant sur la qualité, monsieur Nobunaga.

Pour le remercier, on lui a pris deux glaces à la fraise, qui ont fondu dès la sortie de sa roulotte-congélateur.

Alors on s'est lancés. À pied, oui, par la plage, même si le soleil tapait comme jamais et qu'on s'est mis à dégouliner autant que nos glaces dans leurs cornets. Mais la vue de cette eau bleue, calme, paisible, scintillante, nous faisait du bien.

On a traversé des plages privées désertes, sous les regards soit las, soit étonnés, des plagistes. On s'est désaltérés à l'un de ces bars, à l'ombre de parasols en feuilles grises de palmiers.

Et puis on a longé un petit parc avant de tomber sur la villa de Nobunaga. On pouvait lire son nom sur une plaque en céramique, près d'un portail bleu en fer forgé. C'était la dernière des grandes résidences avant l'oued qui se jetait dans la mer et le site archéologique de Neapolis.

Rieko a fait le tour et je l'ai suivi. Il s'était résolu à avoir cette discussion avec Nobunaga, en partant du principe que l'ancien yakusa ne serait pas assez dingue pour nous tirer dessus à notre arrivée et que, s'il avait bien envoyé ses sbires pour nous attraper à Tunis, c'était probablement dans l'idée de nous conduire ici pour avoir un entretien avec lui.

— Je crois que tu avais une fois de plus raison, m'a dit Rieko juste avant de sonner à l'entrée principale, côté rue.

On était à l'ombre des lauriers-roses, qui couraient le long des murs, en toute immobilité, à l'inverse des chats du quartier.

— Et je m'excuse si tu me trouves un peu en retrait depuis mon arrivée en Tunisie, mais…

Il déglutit avant de continuer :

— C'est un peu comme si je retournais à Kobé, près du port, sur la route. Ton pèlerinage est aussi le mien, tu le sais.

Je l'ai rassuré, mon Rieko émouvant. Sa présence m'était indispensable à cette heure. Il n'y avait pas à barguigner à ce sujet.

C'est lui qui a sonné. Un homme costaud est venu nous ouvrir. Il portait le même costume que les gardes du corps de Shingen à San Francisco. Sauf que lui n'était pas japonais, mais tunisien. Aucun doute à ce sujet.

— Nous souhaitons parler à Oda Nobunaga, ai-je dit.

— Vous avez rendez-vous ?

Rieko lui sourit.

戒名

— Ayez l'obligeance de dire à son altesse que Rieko Tanizaki et Nouria Alila sont aux portes de son palais.

Ces deux noms avaient l'air de rappeler un vague truc au garde du corps, car il s'est raidi et il a porté – instinctivement – sa main à sa ceinture. Il était armé et je ne l'avais même pas vu.

— Un instant, dit-il en nous claquant la porte au nez.

Ils nous avaient cherchés dès notre arrivée. On se livrait. Cela avait dû produire chez ce type une sorte de révolution cérébrale. Il est revenu à peine trente secondes plus tard.

— Monsieur Nobunaga vous attend. Suivez-moi.

Il nous a fouillés. On a marché sur les pas qu'il laissait dans l'allée de graviers. La villa aux murs blancs était splendide, parfaitement entretenue, comme le jardin, tout en couleurs et en odeurs diverses. La résidence avait des airs de celle de l'obèse, à Boulouris.

Nobunaga, à l'inverse, ressemblait peu au premier de la liste. Il nous a reçus dans un vaste salon, au rez-de-chaussée. Le yakusa était petit, sec, très ramassé, avec des jambes courtes et arquées. Il portait un pantalon et une chemise blanche. Ses cheveux noirs, impeccablement gominés, recouvraient son crâne tout entier, jusqu'au cou.

— C'est ce qui s'appelle une surprise, dit-il en français, et avec le sourire s'il vous plaît.

Lui avait des lèvres, et de gros yeux aux veines rouges saillantes.

— Pas tant que cela, répondit Rieko.

Je ne me suis pas approchée du yakusa car, déjà, ça grésillait dans mon esprit. À cinq mètres. C'était terrible, la nébuleuse d'âmes en peine qui tournaient autour de ce type. Comment faisait-il pour vivre au cœur de ce maelström perpétuel ? Faut dire qu'il ne les entendait pas, lui. Si tout le monde était comme moi, il n'y aurait plus de crime sur cette basse terre, vous pouvez me croire.

Le moment arrivait.

Nous serions bientôt délivrés. En principe.

Oda Nobunaga n'était pas seul. Il avait pris ses précautions. Dans le salon, je comptais trois gardes. Plus celui de l'entrée. Et deux autres que je pouvais apercevoir dans le jardin, côté plage, à travers la grande baie vitrée.

— Je n'aurais jamais cru que vous vous seriez jetés ainsi dans la gueule du loup, continua Nobunaga, sans se départir de son sourire.

— Vous n'avez plus rien d'un loup, ai-je lancé. Il vous manque bien trop de dents.

— Je sais encore montrer mes crocs quand il faut.

Rieko dit :

— Ce serait mal avisé. Nous sommes venus pour discuter. Ce n'est pas la vengeance qui nous anime, mais le besoin de vérité.

—Taketoki Washizu n'est pas mort sans aide, j'en suis persuadé, continua le yakusa dont le regard s'était subitement durci. Et vous êtes allés voir Shingen dans sa tanière de San Francisco. C'est lui qui vous a mis sur ma piste, je le sais.

Il me lança un regard torve.

— Votre grand-mère a tué Achille Mouret. Et si vous aviez ça dans le sang, vous aussi ?

J'étais sonnée. Non par sa remarque idiote. Mais parce qu'il avait fait deux pas vers moi et que le volume des voix s'était haussé de lui-même, sans aucune action de ma part.

Rieko s'en aperçut et prit la conversation à son compte.

— Sachez seulement que nous avons laissé des instructions afin que la police locale soit prévenue de notre disparition, au cas où. Et l'avocate de Nouria, en France, possède quelques éléments au sujet de ce qui s'est passé sur la nationale 7, il y a dix ans de cela…

Mon ami venait de formuler une sorte de « menace protectrice ».

Le yakusa ne cilla pas.

— Allons nous installer sur la terrasse à l'étage pour discuter, dit-il. Nous pourrons ainsi voir la mer, qu'en pensez-vous ?

On a suivi le yakusa.

Il était 17 h 30 à ma montre.

*

À soixante-dix kilomètres au nord-ouest de Nabeul, dans une cité de Tunis, un jeune homme prévenait son employeur qu'il devait quitter un peu plus tôt la librairie ce soir, parce qu'il avait un rendez-vous important. Son patron lui donna l'autorisation, et le jeune homme quitta donc la petite boutique à l'instant même où Rieko et Nouria s'installaient sur la terrasse, en compagnie d'Oda Nobunaga.

Sahbi était plus déterminé que jamais.

22

— Eh bien, commença Nobunaga, je suppose que ce moment devait arriver…

Il s'était assis dans un fauteuil en osier très grand. Le yakusa paraissait minuscule. Je m'étais positionnée loin de lui, dans un coin de la terrasse, sans qu'il m'adresse le moindre reproche à ce sujet. Rieko lui faisait face, sur une banquette. Une dame apporta des rafraîchissements. Rieko refusa net et elle ne vint pas jusqu'à moi.

— Je dois d'abord vous annoncer que je ne témoignerai pas. Je n'irai pas voir la police et mes gardes vérifieront, avant votre départ, si vous avez enregistré cette conversation sur votre smartphone. Juste au cas où. Je vais vous dire ce qui s'est passé, à Tunis, puis à Kobé. Au fond, si votre grand-mère était venue, peut-être que je lui aurais aussi tout dit… Mais cette vieille femme ne serait pas venue les poches vides… plutôt pleines de mitrailles…

— Nous vous écoutons, dit Rieko.

J'entendais encore sa voix. J'étais loin. Il commença par l'assassinat de mon père. Il raconta la scène, et ce fut très exactement le récit que ma mère avait fait à Rieko, à la prison.

— Cela s'est passé comme votre mère a raconté cet épisode à son procès, conclut-il. Elle disait juste. Elle n'a pas pu le prouver, voilà tout. Mais le coup de feu qui a emporté votre père n'était pas intentionnel. C'était un accident. Un réflexe imbécile d'un de mes hommes. Mon but à moi, en tant que dirigeant de la Torohito, c'était de récupérer l'argent. Mon rôle s'arrêtait là et je vous prie de me croire, Mademoiselle… Je n'ai ni pressé la détente, ni donné l'ordre à aucun de mes hommes de le faire cette nuit-là. Votre père était passablement énervé, il nous a braqués et le tireur a craint pour sa vie.

— Il y a d'abord eu un coup de feu qui a atteint son épaule, dit Rieko, presque en chuchotant.

— C'est possible, je ne m'en rappelle plus bien. En tout état de cause, il fallait bien que nous agissions. Nous avons pris l'argent et quitté la scène après avoir neutralisé votre mère, Mademoiselle. La police et la justice ont décidé du reste. Par nos précautions prises, notre professionnalisme. Et leur incompétence crasse. Comprenez bien que je ne m'en plaindrai pas…

Voici donc l'histoire, et son fin mot. Un bête coup de feu accidentel, si on accordait du crédit aux paroles de cet homme fourbe, au passé trouble.

J'avais envie de le croire. Au fond, je savais à présent. Qu'est-ce que cela changeait ? Cela ne ferait pas revenir mon père, mais libérer ma mère, ça, oui. Nous nous y attellerons avec Rieko, et maître Laborit, une fois de retour à Paris. Avec ou sans l'aide de Sahbi, nous ne le forcerons en rien.

Mais, et vous le savez, tout comme Rieko, je n'étais pas venue ici pour seulement obtenir de cet homme la version définitive de la tragédie.

Je me trouvais auprès du yakusa car il était le médium.

Celui par qui j'allais être en mesure de m'adresser, une dernière fois, à mon père.

Il fallait m'approcher de lui, du fauteuil en osier. Rieko s'adressait à lui, demandant des détails. J'ai fait un premier pas, puis un second. Je gardais les yeux rivés sur la Méditerranée afin de fournir un prétexte à cette marche vers une voix qui comptait plus que toutes les autres pour moi. Je me postai à l'extrémité de la terrasse pour admirer la mer. Elle était paisible, sous le soleil moins ardent de ce début de soirée.

J'étais prête.

Il était dix-huit heures quinze.

« Papa ? »

*

Sahbi, une casquette rouge et vert vissée sur le crâne, remonta la Cité Somrane d'un pas déterminé et déboucha devant le musée du Bardo de Tunis. Il ne voulait pas regarder l'heure à la grande horloge. Surtout pas. Il avait son propre emploi du temps. Il s'était décidé dans l'après-midi et il ne le modifierait plus.

Il traversa le square, qui faisait aussi office de rond-point à ce croisement fréquenté et continua sa marche sur le large trottoir de gauche de la nationale 7.

Bientôt, il s'arrêta devant une maison de plain-pied, située devant un jardinet où deux grands arbres frissonnaient dans le vent chaud de Tunisie. Au-dessus de la porte d'entrée, flanquée d'un moucharabieh bleu ciel, flottait le drapeau du pays, avec son croissant et son étoile rouge, sur fond blanc.

Il était plus que temps. Sahbi avait trop longtemps gardé le silence. À cause de sa couardise, une innocente restait en prison.

Il parcourut l'allée et poussa avec soulagement la porte du poste de police du Bardo.

*

« Papa ? »

J'entendais encore les voix de Rieko et du yakusa, mais loin, très loin même. Au premier plan, dans mon esprit, le tumulte s'était établi. J'avais comme l'impression de chuter au centre d'un tourbillon de voix et de sons sans connaître la manière de les trier, de les hiérarchiser. J'ai eu peur, j'ai failli faire un pas en arrière pour m'éloigner et reprendre ma position originelle sur la terrasse, retrouver la voix des vivants pour ne plus entendre celle des morts. Mais ce n'était pas ce que je cherchais. Alors j'ai agrippé la rambarde en bois peint de la terrasse et je m'y suis accrochée. Pour rester debout.

Pour rester consciente, surtout.

« Papa ? »

« Nouria. »

C'était sa voix. Oh oui ! C'était bien sa voix, je la reconnaissais entre mille. Entre les mille autres, je n'écris pas cela au figuré.

« Papa, tu es là ? »

« Je suis là, Nouria, et je suis fier de toi. Tu as réussi. »

« J'ai réussi quoi, papa ? »

Des cris m'ont agressée à cet instant. Des cris de terreur et d'angoisse. Je me suis pliée en deux, j'avais envie de vomir, je n'avais jamais entendu la voix des âmes avec une telle intensité.

« Papa, tu es toujours là ? »

« Je suis là, Nouria, mais je vais bientôt partir, enfin apaisé. »

« Pourquoi dis-tu que tu es fier de moi ? »

« Parce que tu es venue jusqu'ici. Tu connais la vérité à présent. Tu vas retrouver Inaya et peut-être Mémé Rosa. »

« Est-ce qu'elle va vivre, Mémé Rosa, papa ? »

« Je n'en sais rien, Nouria. Les morts ne règnent pas sur les vivants. Ils n'ont aucun potentiel d'action sur eux. Tout le reste n'est que légende et superstition. En tous les cas, je peux t'assurer qu'elle n'est pas là où je me trouve. »

« Où ça, papa ? »

« Je n'en sais rien, Nouria. Ce n'est pas défini. Pas comme sur la Terre. C'est comme si je logeais dans un espace éthéré, dans un esprit. »

« Dans mon esprit, peut-être. »

« Peut-être, Nouria… Les vivants portent en eux les fantômes de leur vie. Il suffit de savoir les écouter, de trouver l'endroit ou le moment pour cela. »

Durant cette tirade, sa voix s'est éloignée. J'ai cru avoir perdu mon père, qu'il s'agissait là de son mot de conclusion, mais il est revenu, une dernière fois, passant au-delà des autres voix, tout naturellement à présent.

戒名

La voix de mon père, Bilal, sur cette terrasse, dominait toutes les autres, les éteignait même.

« Il te reste à aider ton ami à trouver, à son tour, la paix. »

« Le peut-il ? »

« Si un vivant te dit qu'il ne la cherche pas, il ment. Et s'il le pense vraiment, il se ment. »

Je ne sais plus bien si je respirais pendant cette conversation, ou bien si je me trouvais en apnée. Combien de temps cela avait-il duré ?

« Papa, je voulais surtout te dire que je suis fière de toi, malgré certains de tes choix de vie, même si je ne t'ai pas beaucoup connu. »

« Fière de quoi, Nouria ? Que garderas-tu comme image de moi, Nouria ? »

« Pas celle d'une victime, mais d'un père opiniâtre qui n'est pas parti loin, immédiatement, pour pouvoir partager cet ultime instant avec sa fille. »

« Le temps n'a pas la même valeur pour moi que pour toi. »

Je n'avais rien à répondre à ça. Par ignorance.

« Nouria, je m'en vais à présent. Adieu. »

« Adieu, papa. »

« Je t'aime, ma fille. »

C'en était fini. J'étais à la fois triste et heureuse. Apaisée à l'idée de lui avoir parlé. Angoissée à l'idée de ne plus être en mesure de revivre cet instant. Mais qui le pouvait, sinon moi ? Qui d'autre possédait ce don ? Était-il commun ? Après tout, je n'en savais rien.

— Nouria ? demanda la voix de Rieko dans mon dos. Tout va bien, Nouria ?

Je me suis retournée.

— Oui, pardonne-moi.

Puis j'ai consulté l'horloge digitale sur l'écran d'accueil de mon smartphone, plus pour me donner une contenance, me rattacher à un objet futile, très terrestre, que pour mesurer le temps.

Il était 18 h 35.

*

Sahbi était entré dans le poste de police. Un gros ventilateur tournait au plafond, concentrant une colonne d'air chaud au-dessous de lui. Le jeune homme se décala et avisa le policier qui se trouvait derrière un petit guichet sur sa droite. Là, il ne put faire autrement que de lire l'heure sur le cadran de l'horloge qui se situait face à lui, sur le mur bleu, à hauteur de ses yeux. Il était en avance, mais ce n'était absolument pas important.

— J'aimerais parler au commissaire, dit-il.

— À quel sujet ? répondit l'agent en levant la tête, l'air soupçonneux.

— J'ai été témoin d'un meurtre.

Le policier se leva d'un bond.

— Et je viens tout raconter.

Et Sahbi ajouta « Enfin… » à la fin de cette phrase, mais il le pensa seulement et ne le dit pas.

*

J'avais repris ma place dans le fond de la terrasse pour m'éloigner de ce médium qui n'avait plus rien à m'apprendre. Je me sentais vidée, nauséeuse et, étonnamment, j'avais faim, l'impression d'avoir le ventre vide. Cela me faisait mal.

J'ai hélé la dame qui passait devant moi et lui ai demandé un verre de citronnade. Sucrée. Très sucrée.

— Venons-en à Kobé, dit Nobunaga en me lançant un regard étrange, puisque nous en avons terminé avec Tunis.

Pour lui, nos deux tragédies, c'étaient juste deux dossiers qu'il avait hâte de refermer à tout jamais, de classer une bonne fois pour toutes. De les détruire même, s'il pouvait en avoir la possibilité.

Mais on n'allait pas lui laisser cette chance, au yakusa.

— Monsieur Tanizaki, je ne sais pas ce qui a pu arriver à vos parents. Ce que je peux vous dire, c'est que nous les avons bien arrêtés sur cette route, tandis qu'ils fuyaient en votre compagnie avec les comptes numérotés d'une banque aux îles Caïmans contenant l'argent volé à la Torohito. Bien. Nous les avons questionnés, et parfois avec violence, je dois bien l'avouer. Puisqu'ils ne voulaient pas tout nous dire, nous sommes parvenus à un accord : ils conservaient un dixième de la somme détournée et, parce qu'il s'agissait d'argent sale, ils s'engageaient à disparaître de la circulation, à tout jamais, à ne plus reposer les pieds à Kobé, au Japon même. Le prix de leur silence. Et de leurs vies sauves. Je n'ai pas tué vos parents, Monsieur Tanizaki. Ni aucun de mes hommes. Et s'ils sont morts aujourd'hui, ce n'est pas de mon fait, mais de celui d'autres circonstances, d'un accident, d'une maladie, ou bien tout simplement de leur vieillesse…

Puisque c'était au tour de Rieko de ne pas trouver les mots pour s'exprimer, j'ai pris le relais, autant que je le pouvais avec mes faibles forces.

— Vous avez donc laissé un enfant seul sur une route sans le moindre scrupule.

— Dans ces moments-là, on ne fait guère de sentiments. Et puis je dois bien avouer que je n'ai jamais été porté sur la chose…

Les sentiments considérés comme des choses par cet homme… Cela valait toutes les confessions. J'ai repris, du sucre collé plein les dents :

— Et vous insinuez que les parents de Rieko auraient quitté votre repaire vivants et qu'ils auraient quitté le Japon en laissant leur fils seul, orphelin… Sans jamais chercher ensuite à reprendre contact avec lui…

Je me suis levée et j'ai crié :

— Mais c'est impossible ! Vous mentez ! Vous mentez ! Vous les avez tués eux aussi !

Mes nerfs lâchaient-ils ? Après chacun de mes éclats de voix, je voyais Rieko qui s'affaissait plus bas encore, sur le canapé d'extérieur.

— A-t-on retrouvé leurs corps ? se défendit Nobunaga. Non, à ce qu'il me semble. La police a conclu à une disparition elle aussi, puis à leur mort car ils n'ont ensuite plus donné signe de vie… Ils devaient partir pour l'Australie avec vous, mais on n'a jamais trouvé trace d'eux là-bas. Ils n'ont pas utilisé les billets réservés, ne se sont pas rendus dans les hôtels retenus… Lorsque je les ai quittés, votre mère et votre père étaient bien vivants, Monsieur Tanizaki. Je vous le jure. La police a conclu à leur mort. Cela n'engage qu'elle. La police japonaise aura fauté, comme la police tunisienne. Je suis désolé.

Encore une fois, il était question de la vérité d'Oda Nobunaga, la vérité d'un homme. Mais ce qui était certain, c'est que je n'avais pas entendu d'autres voix après celle de mon père. Les parents de Rieko n'avaient nullement cherché à se manifester. Était-ce là un signe ?

— Je suis désolé, sincèrement, reprit le yakusa, l'air sobre. Et j'espère que cette vérité vous suffira, Rieko, pour offrir un *kaimyō* à vos parents, puisque j'ai cru comprendre qu'il s'agissait là du but de votre quête, du but peut-être même de votre vie. Si vous le jugez encore utile, de toute évidence…

Rieko se redressa à cet instant. Puis il se leva, mécaniquement, tel un robot programmé pour cela, les membres raides, les bras, les jambes se dépliant par à-coups, par d'étranges saccades.

Il resta là, dans l'air tiède, la tête haute, les yeux hallucinés. J'ai eu peur, je me suis demandé ce qu'il faisait, mon Rieko, là, ce qu'il ressentait vraiment. Croyait-il les paroles du yakusa ? Ces paroles qui contenaient à la fois la déception d'un abandon, mais la promesse de retrouvailles ?

Mon ami pèlerin se cassa alors en deux, s'inclinant vers l'avant en disant, dans sa langue natale :

— Je vous prie d'accepter mes remerciements, Monsieur Nobunaga.

Le yakusa, troublé, dont le visage s'était subitement empourpré, se leva à son tour et effectua le même geste, sans dire un mot. J'entendis même ses vertèbres craquer.

Puis, après ce cérémonial des plus singuliers, Rieko

regarda sa montre. Il était sept heures moins dix. Il vint me chuchoter à l'oreille :

— As-tu parlé à ton père ?

J'ai hoché la tête.

— Tu me raconteras…

Il hésita à poursuivre :

— Et… à mes parents ?

J'ai murmuré que non. Il a tout de suite enchaîné, comme s'il ne voulait pas entendre ma réponse, ou bien plutôt l'effacer par sa prise de parole :

— Il est l'heure, Nouria. Nous devons partir d'ici. Et appeler Sahbi, à Tunis, pour le rassurer. Sinon…

Et c'est alors qu'un gorille débarqua sur la terrasse, tout essoufflé et l'air hagard, perdu.

— C'est la police de Nabeul, Monsieur Nobunaga. Le commissaire Mahjoub en personne. Ils veulent vous parler sans attendre. Je leur dis de monter ?

23

Ce fut la fin d'une conversation. Aussi, et surtout, la fin d'une décennie de doutes pour moi, d'une vie entière pour Rieko. Nous avions enfin obtenu des réponses. Étaient-elles justes ? Nobunaga avait-il dit la vérité ? Moi, j'avais entendu la mienne, de l'âme même de mon père… Mais pas mon ami japonais.

Nous étions près du but, mais pas encore véritablement à la fin de notre quête.

Le yakusa s'était donc fait cueillir par la police. Le commissaire n'avait pas fait dans la demi-mesure et nous avait demandé de le suivre, nous aussi.

Le poste de police se situait en pleine ville, entre l'hôpital et le parc. C'était un petit bâtiment aux murs blancs. Mahjoub s'était isolé avec le yakusa pendant plus de deux heures, puis il nous avait reçus. Comme on s'en était doutés, c'était Sahbi qui avait déclenché l'arrestation de Nobunaga en allant voir la police de Tunis avant l'heure fatidique.

Comment lui en vouloir ?

Au fond, il avait fait ce que sa conscience lui avait dicté, probablement avait-il simplement réalisé cet acte qu'il refoulait depuis de trop longues années.

— Il a accompli pour nous, a commenté Rieko, ce que tu aurais peut-être eu quelque peine à faire, Nouria.

Il avait raison, une fois de plus. J'aurais dû, tôt ou tard, désigner le yakusa pour innocenter ma mère, produire les photos, la casquette… Sahbi avait enclenché le processus de vérité en mon nom.

On a raconté au commissaire, dans le détail, nos pérégrinations depuis notre arrivée à l'aéroport, la veille. Sur notre droite, un officier en uniforme, derrière un bureau, enregistrait notre témoignage. Ou plutôt quelques bribes de notre récit puisqu'il tapait sur le clavier avec deux doigts seulement.

Il nous a écoutés, le gradé, et puis il nous a demandé d'attendre encore au poste de police. La nuit était tombée. On nous a apporté des bricks à l'œuf et une sorte de soda au citron trop sucré. On s'est endormis, avec Rieko, ma tête posée sur son épaule.

Mahjoub nous a réveillés au petit matin en nous disant que Nobunaga avait été transféré à Tunis pour être auditionné par les enquêteurs qui s'étaient chargés de l'affaire de l'assassinat de mon père.

— Je vous libère bien évidemment, a ajouté le policier. Vous pourrez aller remercier Sahbi El Amri. Il y a de fortes chances que vous obteniez une révision du procès avec ces nouveaux éléments…

On l'a remercié et on a repris la route de Tunis. Il était sept heures, il faisait déjà chaud. On s'est arrêtés à la sortie de Nabeul dans une boulangerie qui servait un petit déjeuner. On a affolé la gérante par la quantité insondable de (mauvais) thé qu'on a ingurgité ce matin-là.

Et puis, sur la route, un peu avant Mornag, j'ai appelé maître Laborit. Elle était déjà au courant grâce à la cellule de coopération de je-ne-sais-trop-quoi des polices internationales. Bref, elle était très heureuse de m'avoir en ligne.

— Rosa avait raison ! dit-elle, triomphante. Elle a réussi à semer le doute en vous et vous avez fini par le faire éclore, Nouria. Vous remercierez Monsieur Tanizaki qui n'y est pas pour rien, j'en ai conscience.

L'avocate pensait même pouvoir obtenir la libération rapide de ma mère, au vu des derniers éléments.

— Nobunaga a confirmé au policier ce qu'il vous avait dit. Cela ne devrait être qu'une question de jours…

J'allais donc retrouver ma mère. Curieusement, cela ne provoqua pas en moi un cataclysme émotionnel. Juste une chatouille, et encore, entre mes deux oreilles.

— Vous avez des nouvelles de ma grand-mère ? ai-je demandé avant de raccrocher.

— Pas depuis hier soir. Son état est stationnaire. Il semblerait que le nouveau cocktail d'antibiotiques soit parvenu à arrêter un peu la course folle du staphylocoque…

J'avais mis le haut-parleur, Rieko avait tout entendu de la

conversation. Je le voyais bien soucieux, mon ami. Il y avait de quoi. Il a dit, après s'être épongé le front :

— On va tenter d'attraper un avion le plus rapidement possible pour rentrer à Paris.

Et moi, j'ai simplement répondu :

— Non.

Tout en repérant un lieu sur le logiciel de navigation de mon smartphone.

— J'aimerais, Rieko, me rendre sur les lieux de l'assassinat de mon père. Sur la nationale 7. Revoir le bougainvillier. L'immeuble. Sentir le sable. Toucher la terre.

La voiture sauta par à-coups sur une portion de l'autoroute où le bitume était dévasté par endroits. Un silence s'installa. Rieko fixait la route ardente, qui semblait fumer à l'horizon, à la manière d'un mirage.

Puis, après cinq bonnes minutes, il a dit :

— Moi je n'ai jamais pu, à Kobé. En près de cinquante ans.

— C'est que le moment n'était pas encore venu.

— Il l'est pour toi, Nouria ?

— Oui. Et j'espère que nous aurons l'occasion de nous rendre aussi à Kobé, un jour.

— Voir voler les papillons, chuchota Rieko. Les deux papillons aux ailes jaune et vert qui se sont envolés au moment où…

Il n'y avait rien à ajouter. Nous sommes entrés dans Tunis, et puis j'ai guidé Rieko dans les embouteillages pour qu'il s'engage sur la nationale 7, ce qu'on a fait à hauteur du musée du Bardo, une sorte de carrefour dans notre pèlerinage.

Mon ami est resté flegmatique malgré les difficultés de la circulation.

Et puis on s'est éloignés du centre. Il y avait moins de voitures. Rieko s'est arrêté dans une supérette pour acheter plusieurs bouteilles d'eau fraîche. Il s'en est aspergé le visage avant de reprendre la route. On a passé un panneau indiquant la mosquée Béjaoua, sur notre droite, dont on a aperçu le minaret rutilant.

— C'est bientôt, ai-je dit tout en buvant de l'eau, par petites gorgées, parce qu'elle était glacée, et que ma gorge était chaude, mon corps tout entier, en vérité, et que j'avais soif physiologiquement, même si chaque projection d'eau me faisait l'effet d'un poignard qui m'aurait lacéré le buste, du haut du cou au milieu du ventre.

Rieko a continué encore quelques centaines de mètres. On a traversé une portion de route où quasiment rien n'était bâti autour. Il y avait juste un immeuble pas encore terminé, là-bas, au loin, et un massif d'arbustes brûlés, à droite, sur le bas de la route.

— C'est là, ai-je dit, sans même m'apercevoir que Rieko avait décéléré.

La voiture s'arrêta sans le moindre bruit mécanique.

J'ai mis pied à terre. Ou plutôt pied à sable.

— Viens !

Ma demande était sans appel, et Rieko a détaché sa ceinture et est venu à mes côtés.

C'était le lieu. Le temps semblait s'être figé.

— Vus d'en haut, dit Rieko, on serait comme deux petites figurines sur la maquette de Mémé Rosa.

戒名

L'immeuble n'avait donc jamais été terminé. On avait peut-être construit un étage de plus, mais sans édifier le quatrième des murs ni peindre la façade.

— Je crois que ces bougainvilliers n'ont jamais fleuri, ai-je dit à mon ami en marchant vers ces arbustes où maman m'avait enfouie alors que le drame se déroulait.

Étrangement, on n'a entendu aucun bruit de véhicules derrière nous. C'était comme si la nationale, pourtant passante, et surtout à cette heure de la journée, avait été coupée dans les deux sens pour nous permettre, à Rieko et à moi, d'être au calme.

Je me suis accroupie devant l'arbuste et Rieko a fait de même. L'enchevêtrement des branches noires était complexe. J'ai posé mes genoux sur le sol pour les observer de plus près. Le contact de ma peau sur cette terre a provoqué en moi une vive secousse.

Mon ami m'a demandé :

— Tu entends une voix, Nouria ?

J'ai secoué la tête. Non. Plus maintenant. J'avais dit adieu à mon père. Mais ce mouvement étrange, comme électrique, m'avait presque jetée à terre. Et mon regard avait capté comme une excroissance qui se trouvait là, au cœur des branches, un cocon, ou plutôt deux qui se balançaient doucement.

Mes chrysalides.

Non, ce n'était pas possible… Pas dix ans plus tard…

Et pourtant, elles étaient là, ces curieuses nymphes hésitant entre le beige et le marron, ponctuées de traits horizontaux et d'autres étranges figures.

Elles se trouvaient devant moi et elles bougeaient.

Rieko les avait aperçues et il était hypnotisé.

J'ai dit bêtement :

— Dans mon souvenir, il n'y en avait qu'une...

C'est alors que la première s'est fendue de l'intérieur, s'est ouverte en deux, puis s'est rabougrie aussitôt qu'un petit papillon aux ailes jaunes, ponctuées de points verts, s'en soit extrait. Il est resté accroché à la paroi du cocon quelques secondes, avant de trouver la bonne fréquence de battements d'ailes pour s'envoler, puis se poser sur la plus haute branche de l'arbuste.

Il prenait le soleil.

Rieko ne respirait plus, et je ne sais pas s'il a vu éclore le second papillon, parfaitement identique au premier, qui alla à son tour s'installer sur l'arbuste, en miroir du premier.

« Rieko... »

On avait prononcé le prénom de mon ami. Et je savais que j'étais la seule à l'avoir entendu.

24

La naissance de ces deux papillons, c'était l'équivalent d'un aller simple pour la route située sur le port de Kobé.

Le soleil était toujours aussi haut dans le ciel, éclatant en une myriade de particules de lumière et de chaleur. Pourtant, j'avais l'impression qu'un voile gris tentait de recouvrir la scène.

Ou, plus exactement, mon champ de vision.

Et puis, j'ai commencé à les entendre, ces deux voix, très claires, distinctes. Il n'y avait pas la moindre interférence entre eux et moi. Ce serait un dialogue bien plus simple que dans le cas de mon père, sur la terrasse de Nabeul, où j'avais dû me concentrer pour ne capter qu'un spectre.

Ils allaient s'adresser à moi. Dans cette langue étonnante, universelle, que j'étais pourtant la seule à pouvoir traduire et comprendre.

Ils… Madame et monsieur Tanizaki. La mère et le père de Rieko.

« Rieko ? »

« Je peux me faire votre messager auprès de lui. »

« Rieko ? »

Je devais mettre les idées au clair à ces âmes insistantes.

« Vous êtes les parents de mon ami, je l'ai compris. Je suis Nouria. J'ai le pouvoir de vous entendre. Parlez-moi et je répéterai fidèlement vos paroles à Rieko. »

« Nous devons lui parler pour partir enfin… Pour trouver la paix… »

J'ai fermé les yeux devant cette voix unique qui s'exprimait pour deux.

« Je vous écoute. »

« Il faut que Rieko récupère l'argent… L'argent est toujours sur nos comptes… Il faut qu'il le récupère, absolument… Cet argent lui appartient… Il lui sera utile… »

« Est-ce que vous avez quitté Kobé après votre kidnapping par les hommes de la Torohito ? »

« Oui, nous devions fuir, ne jamais revenir… Nous l'aurions fait, plus tard, pour retrouver Rieko, une fois que cette affaire aurait sombré dans l'oubli. Et puis il y a eu cet accident… »

« Vous avez abandonné votre fils de quatre ans. »

« Qui êtes-vous pour nous juger ? Ce n'est certainement pas devant des vivants que nous allons comparaître… »

« Je peux expliquer à Rieko vos raisons. Il doit comprendre. Faites-le pour lui. Il cherche depuis tant d'années à vous offrir un *kaimyō*… Vous ne pouvez pas le décevoir… »

« Son obsession est ridicule. Portez plutôt à notre héritier la seule et unique parole qui vaille : qu'il trouve l'argent. Que tous nos efforts et nos sacrifices lui servent au moins à lui. »

Je crois que je ne m'étais jamais trouvée aussi en colère qu'à cet instant. Dans un état inouï d'énervement intérieur, en opposition avec l'apaisement extérieur qui devait se lire sur mes traits.

« Rieko n'a pas besoin d'argent. »

« Qu'il se rende à Sydney et à Hong Kong… Qu'il demande un entretien avec le cabinet des Pléiades, dans ces deux villes… Nos avoués l'aideront à mettre la main sur notre fortune… Elle ne doit pas lui échapper… »

« Vous n'avez rien d'autre à dire à votre fils ? »

« Non. Si, comme vous le dites, nous ne vous parlons pas en vain, alors répétez-lui notre souhait. Qu'il ne nous déçoive pas. Qu'il récupère l'argent de la Torohito. Nous vous remercions. »

J'ai rouvert les yeux et, à ce moment précis, les deux papillons jaune et vert se sont envolés dans le ciel pour y disparaître.

J'ai glissé sur le sol, je m'y suis allongée, la joue droite contre terre. Rieko a bondi pour me relever.

— Alors ? Tu les as entendus ?

Il avait compris, mon ami.

— Tu as entendu la voix de mes parents, Nouria ? Dis-moi que oui, je t'en supplie… Je sais qu'ils sont morts… Je sais que Nobunaga est un fieffé menteur… Ils t'ont parlé, Nouria… Ils avaient bien un message pour toi, la messagère des âmes… Je t'en supplie, Nouria…

J'ai plongé mes yeux dans ceux de Rieko.

— Oui, ils m'ont parlé.

戒名

Des petites bulles très fines sont apparues à la commissure des paupières de mon ami.

— Ils m'ont demandé de te dire adieu, Rieko. De surtout t'assurer que, là où ils se trouvent, ils se sentent apaisés. Ils attendent sereinement leur *kaimyō*, à présent. Ils savent que leur fils fera tout en ce sens…

J'ai repris ma respiration.

— Et puis…

— Et puis ?

— Et puis tout simplement, ils m'ont dit qu'ils t'aimaient, Rieko.

25

Rieko s'est contenté de hocher la tête. Les petites bulles se sont aussitôt taries.

— Ils sont donc bien morts…

Oui, c'était pour lui la fin des espoirs de les retrouver vivants après l'aveu du yakusa, qui n'avait donc pas menti. Mais y avait-il vraiment cru durant ces quelques heures ?

Rieko reprit :

— Ils t'ont dit si c'est bien Nobunaga ou un de ses sbires qui les ont…

— Non, ta mère et ton père ne m'ont confié aucun détail, mon ami. Ils m'ont juste demandé de te dire qu'ils avaient toute confiance en toi, et qu'ils attendaient que tu leur donnes enfin leur *kaimyō* pour que leurs âmes reposent en paix.

— Je le sais, je le peux à présent. Je ne croyais pas, Nouria, en arrivant à Paris au début du mois de juillet, que je te trouverais sur mon chemin et que nous mènerions un pèlerinage en commun qui ferait aboutir la quête de ma vie…

Le soleil nous grillait le cou. On a tous les deux levé les yeux vers le ciel d'un bleu clair et limpide. Les papillons ne s'y trouvaient plus. En regardant à nouveau les arbustes, je me suis aperçue que les chrysalides aussi avaient tout simplement disparu.

Alors on est retournés dans la voiture et, cette fois, on pouvait mettre le cap vers l'aéroport de Tunis-Carthage, oui. J'avais hâte de retrouver ma grand-mère et de tout lui raconter, penchée sur son oreille, dans de joyeux murmures.

— Mémé Rosa avait vu juste en te menant à moi, ai-je alors dit.

Et on a entendu comme une vibration s'élever dans l'habitacle de la voiture. Mon smartphone, que j'avais abandonné dans la boîte à gants, nous alertait d'un appel. C'était maître Laborit.

— Votre grand-mère s'est réveillée, a-t-elle aussitôt crié. Je suis avec elle, je vous la passe. Elle parle mal mais elle vous entendra clairement, Nouria.

Rieko, pourtant assis, s'est courbé en deux devant moi, sans que je sache si c'était pour saluer Mémé ou pour mieux entendre.

Probablement les deux.

— Mémé, nous sommes à Tunis, avec Rieko. Sur la route où…

— Nouria… Merci. Merci Rieko. Je…

Elle balbutiait, et c'était comme si je voyais ses grosses et tendres lèvres osciller devant moi.

— Quand je sortirai… Avec Inaya… Ensemble…

Elle s'est arrêtée là et l'avocate a ajouté :

— Nous vous attendons à Paris. Rentrez vite !

C'était précisément ce que nous avions envie de faire, avec mon ami pèlerin.

Et on a donc repris la route, pleins d'une sérénité nouvelle.

On s'est arrêtés prendre de l'essence dans une station-service, à un kilomètre à peine de ce lieu qui avait donné à présent toutes ses vérités.

J'avais innocemment mis l'autoradio en marche pour capter une station quelconque qui passait de la musique.

Et juste au moment où Rieko a stoppé en face des pompes, c'est notre morceau, nos accords, nos notes, notre hymne qui a débuté et qui nous a empli l'esprit, nous apportant une curieuse sensation d'apaisement et de réconfort partagés.

26

Écrire m'a apaisé. Je ne sais pas si j'en ferai mon métier, un jour, mais je comprends à présent tout de la démarche de John Applesworth lorsqu'il a écrit son roman *Les Papillons de Kobé.*

Notre histoire commune va se terminer, à Rieko et à moi, ce qui ne veut pas forcément dire que nous n'en vivrons pas d'autres. Ensemble, ou séparément.

Dans l'avion du retour, mon ami japonais m'a confié vouloir retourner au Japon, bientôt, pour se rendre au temple et s'occuper, enfin, du *kaimyō* de ses parents, puisque tel était leur souhait également.

— Puissent leurs deux âmes, dès lors, trouver la paix !

S'il savait, mon Rieko, que les âmes de ses parents auraient retrouvé leur quiétude à l'aide d'un virement interbancaire plutôt qu'avec une cérémonie religieuse… Je n'avais pas voulu être celle qui apporterait plus de douleur encore à mon ami, celle qui aurait écarté encore sa plaie plutôt que de la suturer une bonne fois pour toutes. Ne me considérez pas comme une menteuse, mais plutôt comme quelqu'un qui a travesti la vérité pour la rendre belle.

En attendant de retourner à Tokyo, Rieko s'installerait dans la maison de Bourg-la-Reine où il conserverait la maquette et tous les autres éléments… dans la cave. Je crois bien qu'il va continuer à tracer son chemin en France et à faire prospérer sa première filiale européenne. Et je ne m'en plaindrai pas. Tout comme le sieur Cléon, à n'en pas douter.

Notre avion s'est posé à Roissy peu après vingt heures. Il était trop tard pour les visites à la Pitié-Salpêtrière, mais on a obtenu une dérogation spéciale du chef de service, le professeur Benady, un homme au grand cœur, parce qu'en plus de la petite-fille de Rosa il y avait sa fille qui attendait pour venir la voir, enfin.

J'ai rejoint ma mère dans un couloir gris et bleu d'un hôpital. Nous nous sommes retrouvées face à face. On s'est prises dans les bras et j'avais l'étrange impression d'enfouir mon visage au creux d'une poitrine étrangère qui, pourtant, m'apportait un réconfort d'une prodigieuse intensité.

— Il va nous falloir du temps, Nouria, m'a-t-elle dit.

Rieko s'est incliné devant elle, et nous sommes entrés pour rejoindre Mémé.

Lorsque j'ai vu son visage, j'ai tout de suite compris que c'était la fin. Le professeur Benady était là et il nous a expliqué, de sa voix chaude :

— Il arrive souvent qu'un sursaut se produise chez les malades avant qu'ils ne nous quittent. Une sorte d'ultime force qui leur permet de reprendre conscience et de communiquer un dernier instant avant de partir.

Les joues de Mémé n'étaient plus blanches, mais grises, et ses lèvres presque vertes. Je me suis penchée pour l'embrasser et j'ai collé mon oreille contre sa poitrine, à l'endroit du cœur. Il battait mollement. Sa chemise de l'assistance publique sentait bon son patchouli.

On est restés à la veiller tous les trois, une heure, peut-être deux.

Je lui ai tout raconté, posément, en murmurant au creux de son oreille, parce que j'avais envie de garder le secret de mes mots pour elle.

Maître Laborit est passée et maman s'est isolée un instant avec elle. Rieko est sorti à son tour pour aller nous acheter des sandwichs et des boissons qui n'ont pas trouvé preneurs.

C'est peut-être à l'instant où je lui ai dit que les chrysalides avaient purement et simplement disparu dans le bougainvillier que les sons lancinants des appareils de surveillance ont diminué de fréquence.

Pour s'arrêter.

Il y a eu une longue sonnerie stridente. La jeune interne que j'avais déjà croisée a débarqué en hâte dans la chambre. Elle a fait cesser d'un geste expert la machine.

Elle a aussitôt placé les embouts de son stéthoscope violet dans ses oreilles et s'est emparée de la membrane pour la poser sur la poitrine de ma grand-mère.

Mais je l'ai arrêtée. J'y ai placé ma tête.

Le cœur de Mémé venait de s'arrêter. Je lui ai pris la main encore chaude et j'ai gardé celle qui me restait de libre pour essuyer mes larmes. Je n'ai pas crié, je n'ai rien dit, j'ai gardé ma douleur muette parce que je savais que, si Mémé avait encore quelque chose à me dire, si elle ne partait pas en paix, alors je l'entendrais.

Mais rien.

Maman s'est approchée de nous. Elle a pris la main libre de sa mère. De l'autre côté du lit, Rieko a titubé jusqu'à la fenêtre ouverte.

Le soleil s'éteignait à l'horizon. Paris devenait noir.

Une sauterelle vert pomme a alors bondi sur le rebord de la croisée et s'y est arrêtée, en suspension sur ses quatre pattes, les antennes frétillantes.

Rieko a regardé la créature, interloqué, et puis il a récité un haïku d'un de ses auteurs préférés :

Quand je serai mort
Sois la gardienne de mon tombeau
Sauterelle.

Devant nous, sur son lit, Mémé Rosa nous souriait.

Remerciements

Un grand merci à toute l'équipe Gulf stream éditeur pour leur confiance, et plus particulièrement à Stéphanie Guyot-Baronchelli, Jérôme Bernez-Binder et Romain Allais. Merci également à mon ami Maxime Fontaine, auteur dans cette même maison. Et puis, merci à Cécile Térouanne qui m'accompagne dans ma création, au-delà des maisons.

Bertrand Puard

Passionné de littérature, Bertrand Puard a été lecteur dans une maison d'édition avant de se lancer dans l'écriture. Depuis, il a écrit plus d'une soixantaine de romans pour la jeunesse et les adultes dans des genres très variés ainsi que plusieurs podcasts notamment pour France Culture. Il est par ailleurs lauréat du prix du Roman d'Aventures et du prix Polar de Cognac en catégorie adulte et jeunesse. Il participe également à de nombreux projets de scénarios dans l'univers des séries télé, des jeux vidéo et de la bande dessinée.

Pour contacter l'auteur :
bertrandpuard.auteur@gmail.com

Reproduit et achevé d'imprimer en septembre 2021
par Abedik, en Pologne,
pour le compte de Gulf stream éditeur,
31, rue Alfred-Riom, 44100 Nantes
www.gulfstream.fr
Dépôt légal 1re édition : novembre 2021